AUTHOR
微混吃等死
ILLUST 手刀葉
昨日之歌
In the Rain
青雨之絆前傳

Character File

# 林天青

Profile

♪16歲　♪高一生

♪60kg　♪175cm

吉他手，做詞人。
喜歡看書、聽獨立音樂，
喜歡作家、獨立歌手，
也喜歡音樂創作。
會在意自己在意的人，除此之外，
金錢、名聲等其他事物都不在意。

In the Rain

Character File

# 余生

Profile

♪16歲　♪高一生
♪50kg　♪168cm

喜歡聽音樂、唱歌，是音樂天才。
不過在稍微熟識她的人眼中，
她是一個很頹廢的天才。
有時候會帶著單眼到具有文化氣息
與土地記憶的古蹟上攝影。

青雨之絆前傳

# In the Rain


AUTHOR 微混吃等死

ILLUST 手刀葉

# 昨日之歌

In the Rain

Contents

# chapter 0（前奏）

## In the Rain

# 0（前奏）

霧灰色的長髮，與跳躍在眉上的內彎空氣瀏海，占據了我的視線。

余生那雙宛若銀河的深邃眼瞳，直勾勾地盯著我：「如果你真的需要跟我成團的理由——那我給你。」

「……」

「我就是你的理由。」

「……」

「比起為了什麼而彈，為了一個人而彈，更加純粹。如果你非得為了誰而彈，不如——就為了我而彈吧。」

這即是，藏在寶貴的時光抽屜裡，最重要的回憶。

♪

高一的尾聲，秋末冬初。

高一開學到現在，經歷了一連串與余生的故事，也經歷了夏橙淡出音樂，往日餘生樂團剛剛成立，直至今日我仍然記得，第一次遇到她的模樣。

獨立唱片行前的空地。穿著黑色風衣、一頭散漫長髮的女孩，翹著曲線漂亮、白皙光滑的雙腿，雙手漫不經心地抓著吉他。

看似漫不經心，卻彈奏著迷人的樂聲。

吉他聲流轉。

余生要彈不彈的慵懶，正好勾住了我。

也吸引了我，跟她共組了樂團——往日餘生。

余生的夢想清晰，純粹無比。

她想讓自己的歌被全世界聽到。

最好能感動世界。

在獨立音樂圈擁有最高人氣與影響力的時代音樂季，正是余生的目標。本次的海選在二月，通過了，就可以登上明年夏季在墾丁的最大主舞臺。

這是余生最大的機會。

對於沒有名氣的地下樂團來說，這是大家競爭的主要目標。

我也很清楚，余生就是那種會為了夢想拚命的人。

「嘿，林天青。」

「咦？」

不知道誰的手，拍了我的肩膀一下。

聽到那略有磁性的聲音，我轉頭一看。

冬天來了。

余生來了。

余生穿著一套極難駕馭的堇紫色長版大衣，大衣下襬半掩著她一雙白皙而透亮的長腿。黑色的長靴，將她偏冷而獨特的氣質再次強化了。

「走，跟我去喝杯咖啡。」余生說。

今天我們約好要碰面，是因為有件事要趕緊談一談。

走在秋末冬初的臺北街頭上，時不時頭頂就會降下一片片枯萎的落葉。整片街道，隱約透著蕭瑟與清冷。

氣溫涼爽，偏冷又不會太冷，不會帶給身上半點多餘的黏膩。

街頭一角，余生熟門熟路地彎進一個巷弄。

那裡隱藏著一間叫做種子島的獨立咖啡店，店面不大，只有寥寥幾個座位。偏暗而溫暖的燈光。

店長是一位蓄著長髮、面容和善的年輕男子。余生跟我說過這家店的故事，種子島常常到各大獨立音樂季上做咖啡小鋪，提供高品質的手沖咖啡，給到現場聽團的人們。

「吶，林天青，你要喝什麼？」

「呃……」

我望了眼手寫的黑板，上面有各式各樣、充滿異國風情的咖啡豆與沖煮方式，幾乎都看不懂啊。

但來這裡，我想試試平常喝不到的咖啡。

這種時候相信余生就好了。

「跟妳一樣吧。」

「喔，好。」

余生看向老闆，點了兩杯藝妓。

接著我們坐到小店裡靠窗的位置。

空氣之間流淌著鮮明的咖啡香，LoFi的輕音樂放慢了整個空間的節奏。

余生的歌聲也有這個感覺。

「很放鬆呢，這裡。」

「是啊。我很常來這裡寫歌，就是因為這個原因。」

余生拿出準備的紙筆與樂譜，平鋪在桌上。

「林天青，我們該來聊正事了。」

「嗯。」

「上次我們試演奏，請了獨立音樂店的老闆、低音符酒吧的常客和現在安逸在家耍廢，什麼事都做，就是不碰音樂的夏橙……我們演奏了《斑馬斑馬》。但好像，他們覺得我們的歌少了點什麼。」

「說實話我也有這個感受。」

「真的嗎……」

余生難得遲疑，露出小煩惱的表情。

為了時代音樂季的海選，我們正在全力準備。通過了海選，才有機會登上時代音樂季的主舞臺。

能一舉成名的方式，在流量為王的現今，已經不多了。

當然，余生如果拜託從小就認識、現在小有名氣的匿名音樂YouTuber夏橙Feat一把，多帶帶自己，那條路會遠比自己隻身去闖蕩來得輕鬆。

但余生不可能這麼做。

「你也這麼想嗎？」

余生雙手抱胸，霧灰色的長髮傾洩到胸前。

她正穿著堇紫色的長版大衣，那是人眼可見最冷的顏色之一，在她身上卻彷彿是為她而生。

不可思議。

我毫無遲疑地點點頭。

「我們那天唱的是宋東野的《斑馬斑馬》。理想上，這是最適合我們的歌之一。余生，妳的聲線是偏浪漫而放縱、慵懶而自得，在偏低的音域裡深邃無比，在偏高的音域中又很深刻。」

「唔。」

余生的睫毛輕眨，稍微別開視線。

「……」我愣了一下。

這是什麼反應，難道余生在害羞嗎？這反差，讓我一時間沉默了。

「我的吉他就更不用說了，那天和妳配合得很完美。」

「嗯，你讓我唱得很舒服了。」

「對吧？」

「真的。我唱歌的時候，很少有能完全一路相伴的伴奏。我只需要稍微聆聽——甚至都不用聽也行，我也可以盡情放開來唱，都不用煩惱我是不是搶拍、漏拍了，你都能跟上來。」

「我練習很久了，這是當然的。」

多虧從小爺爺嚴格的指導，因此日積月累下來的音感與經驗。

確確實實地成為了我。

加上，比起為了什麼而去彈吉他……為了誰而彈的動力，無疑更加強烈。

為了余生而彈。

我重整思緒。

「余生，我們那天試演奏，請的聽眾其實都很專業，但他們的感想是少了點什麼。」

「我不太懂少了什麼。」

「可能是……唉，目前我也沒有答案。」

夏橙不會騙我們。

其他喜歡聽、常聽獨立音樂的人更是。

「你好，這是你們點的兩杯藝妓。」

咖啡豆的氣息，吸引了我的目光。

老闆端上了兩杯藝妓咖啡，是來自巴哈馬的翡翠莊園。

我端起咖啡杯，柑橘、花香、小紅梅的風味撲鼻而來。

我從未想過，一杯咖啡能有這般氣息。

我喝了一口，溫潤的口感讓我再三回味。

「好喝耶。」

「是吧，哈哈哈哈。」余生見到我很喜歡，也咧嘴微笑，「這家店，感覺以後我們會很常來。」

我也這麼希望。

光是與余生一起在這裡度過，時光就不算浪費。

她輕啜一口後，續道：「你的吉他跟我的歌聲，都不是問題。那會不會問題根本就不在我們身上？」

「像是？」

LoFi的背景音樂不知不覺間進入了節奏明快、鼓點遍布的段落。

余生閉起眼睛。

漂亮的鵝蛋臉、修長的睫毛、高挺的鼻梁一路到輕輕閉起的嘴唇，都正因聆聽著節奏而停滯了。

我也跟著閉起眼睛。

鼓點。

BASS。

輕鬆之間，不由得跟著明快的節奏擺盪，反而更加愜意。

我好像明白了什麼。

余生張開眼。

她如星空般的眼瞳，淡淡地看著我。

「吶，林天青。」

「嗯哼。」

「吉他手跟主唱……會不會是因為我們都偏向旋律？」

「什麼意思？」我面露不解。

「旋律很好，也是我們的長處。但是旋律一直是式微的吧？該怎麼說，就是越來越不是重點了。反而節奏與律動的存在感，在這幾年越來越強吧？」

「妳的意思是……」

「我是說，夏橙那傢伙說我們少了點什麼。低音符那些大哥也這麼說，就連獨立唱片的老闆也這麼說，會不會是因為，我們需要加一個人……」

「哦？」

「少了節奏跟律動——那我們找個鼓手吧！」

「好像很有道理……」

「沒錯吧？因為我們都偏向旋律，反而不容易察覺到。與其找BASS，我是更想找鼓手，你呢？」

「找鼓手吧。」

我點頭同意。

好——余生拍板定案。

解開了心頭大惑的她，開心地喝起咖啡，一邊在小本本上記下。

往日餘生樂團，要找一個鼓手。

可是，離明年二月的海選，也只剩不到三個月了。

余生慵懶而放縱的聲線，在旋律這塊早就信手拈來。

這是很吃天賦的一塊，有些人天生就可以任性、瀟灑、隨性地，唱出具有極強吸引力的聲音，唱什麼，人人都愛聽。

以臺灣現在的獨立歌手來說，就像是陳嫺靜那樣。

余生用手輕輕撥開垂落眉間的髮絲。

「林天青，你也去找，我們剩不到三個月了。」

「我知道，找到還得磨合，還得練習。」

「而且要找到適合往日餘生樂團風格的鼓手，大概也沒那麼容易……」余生煩惱地蹙起眉頭。

她把雙手平放在桌上的五線譜上，背往後一靠，長長地呼出一口氣。

我微微恍神。

余生看似有點疲態。

難道是昨天熬夜，加上沒睡好導致的嗎?印象中，余生的身體雖然不是特別好，但也沒有常常生病。

以後有機會要多了解一點這方面。

「我會跟以前學音樂的朋友打聽有沒有人想玩團。」我補了句，「夏橙那邊的人脈我也會去問問。」

「好，我們分頭行事。」

我拿起咖啡杯，喝完最後幾口。

果香清澈是我對藝妓最大的印象，讓人很有好感的一杯咖啡。

秋末冬初，這一天我與余生一直待到快晚上，才各自離開種子島咖啡店。

「我走啦。」

「掰。」

余生還有其他事，就沒有一起吃晚餐了。

我們接下來的目標十分明確。

找到鼓手，參加明年二月的時代音樂季海選。

通過之後，往日餘生將登上暑假最大、在墾丁舉辦的主舞臺。至於能否實現余生最大的夢想，就不知道了。

我一個人走在回家的路上。

冬天獨有的青澀與清冷包圍著我，我不由得想起余生穿的那件堇紫色長版大衣。

叮叮叮。手機響了。

我拿起來的同時，望了一眼最後一絲夕陽暗去的天空。

夜幕降臨了。

電話那邊傳來活潑且充滿元氣的聲音。

「喂？」

『哈，林天青？』

「夏橙？」

『你吃了沒有？走走走，我們去吃一間好吃的餐廳。剛剛滑ＩＧ時看到的，找不到人陪我去吃。』

「……」我看了時間，答道：「好，約哪裡？」

『我傳地址給你，可以出發了喲。』

「嗯，我馬上過去。」

不遠啊——我看了眼夏橙傳給我的地址，離這條街道大概差三個捷運站的距離，於是我掉頭走向捷運站，出發。

在夏橙宣告離開音樂一年後，這好像是我們第一次約晚餐。

不知道她最近過得怎麼樣了？

♪

夏橙約的是一間最近在學生圈滿紅的韓國烤肉店。

走到店外時，排隊的人群不少。

在人群裡很容易就能找到夏橙，雖然她個子不高，但一頭暖橙色的短髮辨識度很高，沒有多久我就發現她了。

「我來了。」

「哦？林天青，你到啦。」夏橙笑了下，像是在想什麼般看了我一眼，「你是本來就在外面嗎？」

「是啊，剛剛去喝咖啡了。」

「喝咖啡……」夏橙的音調轉弱，隨後拉著我的手臂，「走走走，餓了，趕快進去吃。我有訂位，哈哈。」

我們一前一後走進烤肉店，在店員的引導下在角落的位置坐下。

以前我就知道夏橙很愛吃韓國燒烤了。

空氣間都是烤肉香噴噴的味道。

夏橙穿著很學生的休閒風，一件純白底色的短T恤，胸口處有小小的藍色LA Logo，搭配露出整雙長腿的牛仔水洗短褲，與經典的黑白帆布鞋。

平常的夏橙，就是這樣青春的打扮，彷彿有暖橙色的光彩與泡泡圍繞在她身邊。

店員走了過來。

「你好，請問兩位要吃點什麼？」

「我要……」

拿起菜單，夏橙開始一一說出想吃的肉品。點完之後，還不忘問我想吃什麼。

我隨便點了杯綠茶，順便看一眼手機有沒有簡訊，隨後把手機放在桌面上。

夏橙瞪了我一眼，沒有多說什麼。

我看著夏橙的臉蛋，最近煩惱與困擾明顯變少的她，笑容也更加純粹了。

「最近過得怎麼樣啊？」

「哈哈哈，很舒服。自從我不用彈琴、唱歌以後，時間就變得很空閒。經紀人偶爾還會打給我，但最近也變少了。」

「是真的都沒有再開直播或錄製影片了嗎？」我好奇地問。

夏橙微微歪歪頭。

「有時候我會哼歌，但開直播是完全沒有了，更別說做影片、剪片了。我現在就是完全放空狀態。」

夏橙快快樂樂地說著。

她本來就是心裡想什麼就說什麼，坦率得讓人稱羨的女孩子。

毫無城府，毫無心機。

屬於在人群裡的糖霜，任何人與她相處都能感到開心。

此刻，我明顯覺得她的快樂無比真實。

那也表示，以前的她真的很累。

「……畢竟妳以前真的太忙了。」我深感理解似的說道。

稍微想想就知道了。

每天放學以後，夏橙至少還要練習兩個小時的鋼琴與歌唱，有時候也會上手玩玩吉他。

夏橙對音樂有很高的興趣，小時候和我爺爺學習也學了很久。

直播、做影片、經營社群媒體的時間，林林總總加起來，以前的夏橙根本沒有多少自己的時間。

而且，夏天裡的貓是擁有三十幾萬訂閱的YouTuber，在極高的名氣與變現能力之下，她承擔的壓力自然也大。

「是吧……還是你懂我……」

夏橙裝出一副要哭的表情，隨後抿嘴微笑。

「我當然懂啊。」

這家韓國烤肉店是店員幫忙烤的那種。

夏橙點了很多肉品，店員介紹完後一一開始烤了起來。

牛肉的香氣、豬油的香味，在銅盤上炸開，真的令人食慾大開。

「這家店看起來很好吃啊。」夏橙仔細地盯著肉，輕描淡寫地話鋒一轉，「你剛剛去喝咖啡，是跟余生去的吧？」

「是啊。」

「為了準備樂團的演出嗎？余生好像有跟我說過，你們要參加時代音樂的海選。」

「對，在明年二月。」

「咦？」夏橙小小驚呼，「那不是沒有幾個月了嗎？」

「是沒有幾個月了，所以我們才很焦急。」

「急什麼？」夏橙納悶地問。

那是發自內心的不解。

不只是我是她的青梅竹馬。

余生同樣也是夏橙認識很久的朋友。

「上次我們試演奏給你們聽，你們不是都覺得少了點什麼嗎？」

「喔吼，我記得。」

「是吧？」

夏橙澄澈的眼眸倒映著烤肉，她既像是放在心上，又像是隨口而說：「但正確來說，是那家餐酒吧的常客跟我覺得少了點什麼。」

「……」

「天青仔，你那是什麼表情？你忘了嗎？獨立音樂店的老闆，那個戴著無框眼鏡的老闆覺得很好啊。可能他本來就是聽詞、旋律、音樂獨創性為主的，他就覺得你們的表演很好了。」

「但妳覺得少了點什麼。」

「對。」

夏橙點頭。

烤肉在這時候終於烤好了第一盤，店員夾到盤子裡。早就很餓的夏橙立刻夾了一塊，送入嘴裡，露出了滿足的表情。

「喔喔喔喔，真好吃耶。」

「……」

我也嚐了一塊，還行。

夏橙看店員準備烤第二盤，連忙用手指著做成長方形的牛肉漢堡排。

「咦？我想吃這個。」

「那先為您烤這一盤。」

「好，謝謝～」

聲線溫暖、永遠保持笑容，十分親切的夏橙毫無困難地與店員完成溝通。

我拉回主題。

為了完整地討論這件事，我把下午在種子島咖啡廳聊到關於旋律與節奏的內容，盡可能完整複述給夏橙聽。

夏橙聽到後，若有所思地用手指抵住下顎。

旋律正在式微。

節奏正在搶占舞臺。

但這兩者，其實都必須存在。

夏橙對音樂有獨到的見解，針對音樂的了解本身就未必比我差，對於大眾口味，她更是專家。

幾秒後，夏橙展開笑顏。

那是能輕易把畫面染上一層玫瑰色濾鏡的笑顏。

我差點出了神。

「余生在音樂上雖然喜歡我行我素，個人風格又強烈，好像要全世界都配合她一樣……但這次她說得很有意思啊。」

「是吧？」

雖然我覺得她不只在音樂上我行我素啦。

夏橙輕快地說道：

「余生說的我認同。起碼，我覺得是可以嘗試的方向。你的吉他伴奏沒什麼好說的，就是那樣。」

「咳咳，什麼叫就是那樣？啊？」

「很完美呀。」夏橙竊笑。

「很完美什麼？說清楚啊。」

「你的伴奏對於伴奏來說，太完美了，就是盡可能地跟著主唱走，把主唱融入一個美好的音樂節奏中。我會說，是屬於完美的隨波逐流。」

「……真謝謝妳啊。」

我沒好氣地瞇起眼。

「不會～」

夏橙也無意為此跟我爭論，呵呵笑了幾聲，把話題帶開。

我們都無意糾結。

我也知道是隨波逐流，但跟著余生這麼強烈的存在，似乎也無所謂。

夏橙看著快烤好的漢堡肉，語氣加快道：

「余生的歌唱得也沒問題。所以啊，今天聽你這樣一說，我也覺得是因為少了比較強烈的節奏的關係。」

「……」

「BASS 或是鼓手，你們只有這兩個選擇。這兩個選擇，那對你們樂團來說當然是鼓手會好一點。」

「所以我要趕緊找鼓手了……」

「這我可以幫上你的忙。回去我推薦你幾個朋友，你去聊聊。」

「謝啦。」

夏橙的人脈非常廣，有了她幫忙會省事很多。

「吃吧！」

夏橙上一秒看到漢堡肉烤好，下一秒筷子已經伸出。

看得烤肉的店員都傻眼了。

她把漢堡肉放進小嘴中，隨後露出滿足的笑容，看起來確實滿足了她。夏橙一向無意隱藏感受，總是這般坦率。

「對了，你們是為什麼組團的呀？」

「余生邀請我的。」

「你就答應了？」

「……嗯。」

我並不覺得這有什麼重要的，於是慢條斯理地夾起漢堡肉，剛烤好、切成一塊塊方塊的漢堡肉吃起來真的很美味。

只見夏橙慢下動作，饒有興趣地望著我。

「你為什麼答應了？我記得你以前很不喜歡碰和音樂相關的事啊。比現在的我，離音樂更遠不是嗎？」

「……」

我一時無語。

夏橙不知道為什麼又露出那副若有所思的神情。一向陽光而燦爛的臉蛋，此刻也稍有陰鬱。

我真不知道如何回答。

光影流轉而至。

光芒透射而來。

余生的爸媽在她小時候，路過某處火車站時，聽到了一名老人在彈鋼琴。

本該川流不息的街頭，因那首鋼琴的演奏，陷入了永恆的靜謐之中。

就像是施了魔法般，在場的人都停下了腳步、放下手機，無法控制、遑論離開地聆聽著老人的演奏。

柴可夫斯基的六月船歌。

不只在我的心中留下深刻的記憶，因為那老人是我的爺爺。

也在余生的心裡，留下了痕跡。

那天，余生的爸媽在聆聽完六月船歌帶來的七彩世界之後，遇到了影響到他們半生的車禍事故，從此長時間住在醫院裡。

余生在認識我之後，曾帶我到她爸爸媽媽住的醫院裡演奏，完成了她爸爸媽媽的願望。

隔天，我們就在第一次相遇的地方碰面。

穿著長版堇紫色大衣的她，對我遞出邀請。

『跟我一起組樂團吧。』

『……』

『如果你真的需要跟我成團的理由——那我給你。』

『……』

『我就是你的理由。』

『……』

『比起為了什麼而彈，為了一個人而彈，更加純粹。如果你非得為了誰而彈，不如——不對，就為了我而彈吧。』

余生微微揚起下顎，微笑且自信地對我伸出一隻手——

我表面上是震驚的。

一半是被余生過於強勢、颯爽的氣勢所震懾，另一半是被她唐突卻理所當然的邀請嚇到。

先是一片空白，心態在幾秒內經歷了多種變化。

我怎麼拒絕？

我沒有拒絕。

我不想拒絕。

最終，我們成團了。

「……」

某人夾起烤肉的筷子，不知道是故意還是有意地敲到了烤盤。

不只一次。

稍有力道的敲擊發出鏘鏘聲，把我拉回現實。

一時間陷於過往的我輕輕吸口氣，看向坐在對面的夏橙。

暖橙色的頭髮或許是因為待在外面的時間久了，漸漸失去了光彩。夏橙用手輕扶臉蛋側邊，一邊面無表情喝起水。

……咦？

發生了什麼？

我喝了口冰可樂，讓自己回歸現實。

清醒。

我以不置可否的語氣，輕輕說道：

「唉，說起來很複雜，但我沒有拒絕她。」我也不想拒絕她。

「……」

「我不好拒絕。」

「呵，林天青呀，我太了解你了。」夏橙差一點笑出來，「像是你這種個性的人，就算是不想拒絕、沒有理由拒絕而跟余生組團，你也不會這麼勤奮。」

「……」她微微嘟起嘴，「尤其是在跟我吃飯的時候，都在聊樂團、聊鼓手。」

「我沒有意識到……」

我越說越小聲。

夏橙見狀抬起頭，正眼看向我。

我們四目相對時，我從她眼瞳裡看到的是一整片朝陽的向日葵。

她爽朗一笑，化解了整片空間的低沉。

她用手戳了戳我的額頭。

「算了，你這傢伙……以前我們也一起跟著你爺爺學音樂，學了好多年呢。你能回來演奏，而我能聽到你演奏，也還可以接受啦。」

「妳呢？什麼時候繼續拍片？」

「時候到了，就會回來了。」

夏橙給出一個模糊的答案，但至少，不是說再也不回來了。

烤肉快吃完了，時間也晚了。

夏橙吃完最後一塊肉後，用手拍拍看不見隆起的小肚子。

等待結帳的期間，她忽然問道：

「吶，林天青。」

「嗯。」

「什麼時候可以聽你彈琴？」

「彈琴嗎？妳不是想聽往日餘生的演奏？」

「不是。」

「鋼琴嗎？」

「是啊，我想聽你認真的鋼琴獨奏。就像是我們小時候那樣，在葉老師的教室裡，好像忘記了時間一般彈著。」

「下星期吧。找時間，我彈給妳聽。」

我想了想。

好吧，無妨，只是彈琴而已。

但是鋼琴又有一段時間沒彈了，得找時間練習練習。

「約定好了喲！」

「嗯，說定了。」

離開這家備受年輕人歡迎，在ＩＧ上非常紅的烤肉店時，天色已晚。

不知道是不是我的錯覺。

呼出的一口氣，在半空中化為了白霧。

穿著七分袖的我都稍稍感到了寒冷。

秋末冬初，我望了眼天空，縮了縮身子，手臂露出來的部分也明顯感到涼意。

「……」

冬天來了。

# *chapter* 1

## In the Rain

# 1

夏橙說到做到，沒有多久就傳來幾個鼓手的Line。

毫無拖延，我跟余生隨後展開旅途。

在臺北各地的音樂教室、高中與大學社團、練團的熱門地點繞了一大圈。

前前後後花了一週的時間。

余生輕唱，我帶著一把吉他跟她走。

夏橙顯然提前打過招呼，說明過我們往日餘生的狀態。那些鼓手都對往日餘生的狀況有所了解。

但很可惜，我們並沒有遇到適合的人。

離時代音樂季的海選時間越來越近，余生嘴巴上說不急，但我看得出來她有點氣餒與急躁。

冬天來了，夜晚降臨的時間也提早了。常常不到六點，天色差不多就黑了。

寂寥的氛圍，清冷的街道。

這種氣氛常常讓人更感空虛。

我與余生下午才剛拜訪完一個鼓手，在附近大學裡的團練室。

他的實力還可以，聽得出來有經過扎實的訓練。打鼓很沉穩，瞬間的爆發力也很強，我很喜歡他低音鼓的演繹，但就是不符合我們樂團的個性。

往日餘生的演奏太有個性了。

余生的演唱非常隨性，很常有意為之地要唱不唱，刻意慢半拍的慵懶唱法。聽起來很抓耳，對伴奏、節奏的考驗卻很大，有些人甚至根本無法接受。

夏橙推薦的名單，剛剛那位是最後一個了。

「沒了是吧？」

「對。」

「唉……真難。」余生嘆口氣，她靠在街道旁的牆壁，圍在頸項上的長圍巾隨意地垂落在胸前。

她頭頂上的寬鬆白色毛帽，微微遮住了她霧灰色的長髮。

雖是冬天，但還沒有到最冷的時候。余生穿著質感柔順的藏青色套頭毛衣，搭配合身的九分直筒褲，讓她腿長的優勢更加明顯。

她雙手插在口袋裡，目光望向地面，陷入思考。

就在這時，我的手機傳來一陣震動。

我拿出來一看，發現是常去的獨立唱片行老闆傳來的訊息。

『你們在找鼓手對吧？現在去這個團練室看看。他很常在我這買唱片，感覺是你們要的人。』

這麼剛好啊。

我把手機拿給余生看，余生雙眼睜大。

「哇，你居然還有唱片行老闆的連絡方式？」

「有啊，之前加他的，有時候要買唱片前會先問他有沒有貨。還有，自從他知道我們組成往日餘生之後，偶爾也會聊樂團方面的事。」

「哦？」

之前唱片行的老闆也參與了往日餘生的試演奏，給出了很多獨到的見解，一直在幫助往日餘生。

余生湊近我，頭湊向我的手機螢幕。

「我看一下地址，Google……咦？離這裡沒有很遠啊。」

「嗯，大概兩站捷運站的距離。」

「那走去吧！」

「兩站耶？」

見我稍有遲疑，從來不知徘徊躊躇為何物的余生，從我身後推了我一把。一股清冷的氣息傳來，余生推了我一把後，再次跑到前方。

她對遠方的街道盡頭伸出食指。

「走吧，林天青，我們——往日餘生的路途還很遙遠呢。」

「聽起來怎麼有點累？」

「會嗎？有我跟你一起走呢。」

「跟妳一起走就不會累嗎？」

「別人的話，我還真的不知道。但是，你跟我一起走，肯定不會覺得累。」余生狡黠一笑，如銀河般深邃的眼瞳直勾勾盯著我看。

「……」我被盯得有點不知所措，只好別開了視線。

臉龐都有點發燙了。

余生捉弄完我後，藏青色的身影往前一奔。

再無猶豫，我跟上她的步伐往前奔去。

獨立唱片行老闆提到的練團室是一間二十四小時營業的練團室，主打的旗號是讓客人想練團、想用音樂釋放壓力時，隨時隨地都有自由的空間。

練團室裡，器材也很齊全。

隔著玻璃牆面往裡面望去，三間練團室中只有一間有人正在使用，正好是一個鼓手。配合唱片行老闆所說的，大概就是他了吧。

暫時——不知道他的名字。

余生與我就這樣站在玻璃牆外觀望著。

他擁有偏長的棕色頭髮，有些凌亂，卻也有些瀟灑。

五官立體而深刻，眉毛偏粗，雙眼一直注視著鼓。身材看上去偏高，很明顯是有在健身鍛鍊的人。

此刻，他一個人坐在鼓後，雙手拿著鼓棒。

主要的小鼓、低音鼓、中音鼓、高音鼓、開合鈸、響鈸……各種鼓圍著他，等待著他的演奏，看起來頗有架勢，絕非新人。

旋律正在式微。

節奏才是主流。

不知不覺間，我忽然想起這句話，這是有次在低音符聽Live Band時聽到的話，余生也說過類似的話。

他開始練習了。

沒有放出人聲，開始練習一首Funk音樂。這種音樂結合藍調、爵士樂，不再以旋律、和聲為重點，而是強調節奏與律動。

我不是很了解鼓手，但我知道鼓手幾乎是樂團最難擔任的角色。

BASS常常說自己聽不到，鼓手則是看不到。

另外，因位置的關係，鼓手站在舞臺上很難被聽眾發現，卻非常重要，一定都聽得到鼓聲。

用樂團裡的支架來稱呼鼓手，最適合不過。

鼓手的雙手需要同時高頻的動作，這點大家都知道，但雙腳也需要高頻的踩踏。

像是放在地上的低音鼓。

同時需要兼顧很多動作與細節，雙手雙腳的節拍也往往不同，還要聆聽主唱的聲音——這絕非一般人能輕易做到的事。

「……」

「……」

我們都沒有說話，只是盡情欣賞。

棕色的長髮隨著節奏搖晃，他的雙手時快時慢地敲擊著圍繞他身邊的鼓。節奏很準，遊刃有餘，幾乎是我唯一能做出的評價。

節奏陣陣傳來，我們都不禁隨之律動。

這是飄逸無比，聽起來十分暢快的演奏。

厲害的鼓手就是這樣。不需要人聲、不需要歌詞，僅憑鼓點與節奏就能讓人跟著搖擺。

遠比我想像中穩定，很帥氣呢。

余生單手貼在玻璃牆上，一邊對我說道：

「好像有點東西。」

「是啊。」

「讓他試著跟我們一起玩玩看吧？」

「等等，余生。」

「嗯？」

「又沒有人跟他提過往日餘生，這樣做會不會有點沒有禮貌啊？」

「會。」余生點頭，單手離開了玻璃牆。

正當我以為她要放棄的時候，她轉頭對我吐吐舌頭：「我才不管。」

她往門口走去。

我攔也攔不住，乾脆連手都懶得伸了。既來之，則安之，我跟在她身後，一起進入了練團室。

我們進入的時候，他剛好練完了那首節奏。

只休息了一會兒，他用手輕輕撥開遮住眼前的劉海，稍微看了我們一眼，隨後轉回鼓上，鼓棒懸起——

余生連忙開口：「等一下，我有事想跟你說。」

「……說吧。」

「我們是車站前的唱片行老闆介紹的，他說在這裡可以找到一個適合我們樂團的鼓手。啊，我們是往日餘生樂團。不好意思，打擾你練習了。」

余生說完最後一句話時，往前彎下腰。

余生很難得會道歉。

但這也可能是因為，她發自內心覺得影響到別人練習音樂是一件很嚴重的事。

這也是少數她會感到抱歉的事。

棕色長髮的鼓手還是坐在那裡，但拿著鼓棒的雙手已經落回鼓面。

他平靜地說：

「我看過妳啊。妳以前常常坐在唱片行前面的空地，在街頭自彈自唱……那個女生是妳對吧？」

「……是我。」

余生的臉蛋微微一驚。

她八成沒有想過，居然有人真的會因為街頭演出而記得她的臉龐。

我倒是記得很清楚，尤其是余生在青雨之後頂著微微濕潤的髮絲，紅著眼眶，一邊彈一邊

1

唱的畫面。

她手懷吉他，堅定地唱起著歌。

泫然欲泣，卻從未落淚。

難以想像，她的內心到底經歷了多少複雜的情緒波瀾。

直至今日，光是想起，仍然觸動著我。

「妳叫什麼？」

「我叫余生。」

「余生？啊，唱片行老闆有跟我提過你們，他說有一團很硬核的獨立音樂。微頹廢、放縱風，主唱的聲音很有特色，很適合我。」

「呃……」

我聽得有點不好意思。

「就是我們。」余生爽快承認，富有自信。

「哈哈哈哈哈，好。我叫徐名間，不想叫我本名的話……你們都還是學生吧？叫我前輩就好。」

「嗯。」余生頷首。

「對，我們都還是高中生，高一。」我挺認真地回答。

徐名間望向我。

「你的臉我也有印象，你也很常去那間獨立唱片行吧？」

「是……很常去。」

「也是個常客。真想不到，你們兩個人還能組成樂團？那你叫什麼？」

「我叫林天青。」

「余生與林天青、往日餘生。」前輩重複了一下，隨後鼓棒往前一指，「這裡面應該有很多故事吧？」

「是啊。」說來可就話長了。

「等到以後再說吧，還有以後的話。」前輩直入主題，「所以，你們是怎麼分工的？」

「我是主唱，林天青負責伴奏——吉他。」

「沒有BASS，沒有節奏……這就是你們找到我的原因是吧？」徐名間——前輩很快地察覺到重點。

他笑了笑，接著說：

「老實說，唱片行老闆找到我時，我是很想直接拒絕的。不瞞你們說啊。」

「為什麼呢？」我納悶地問道。

「……」

余生沒有說話，微微蹙起清秀的眉毛。

她嘴角輕抿，露出了因被小看而不開心的模樣。輕輕抬起下顎，不服輸、倔強的表情躍上臉蛋。

前輩也沒有因此退縮，語氣平和地解釋：「但我沒拒絕你們，因為我確實也在找樂團。樂團是在音樂路上很重要的事。團員間彼此要很了解彼此，不管是人品、個性、技能、演奏風格。就連在音樂路上的目標也要一致，才能投入大量心力去、廢寢忘食地賭上青春去拚。在不夠認識彼此的前提下，又怎麼可能跟任何人組團。」

「……這我同意。」

樂團真正練起來時非常瘋狂。

竭盡全力、廢寢忘食地練習，在音樂的路上走得更遠，熬了無數夜晚，看過無數從遠方亮起的清晨曙光，都很正常。

我一時沉默。

「放心吧。」余生雙手抱胸，堅毅地說：「林天青可能沒有想要賭上青春啦，但我在的話他還是會認真的。」

「Excuse me？」

我正想說下去，余生卻伸出食指封住我的嘴巴。

她繼續說道：「而我的話，我不只是賭上青春。」

「喔，有意思。」

前輩站了起來。

余生已經不矮了，前輩還比她高上兩顆頭。

他望著我們，頗有興趣地問道：「那余生，妳的夢想是什麼？」

**「我想讓我的歌，給全世界聽到。」**

余生想也沒想，強勢宣告。

不負青春。

不負人生。

前輩咧開嘴，不置可否地點點頭，「林天青，你呢？」

「……」

「嗯？」

「我還沒有那麼清楚。」

「還不知道是吧？哈哈，沒事。說了這麼多，不如唱給我聽吧。讓我見識一下，老闆口中很有天賦的獨立音樂團。」

「可以。」

# 1

余生暢快地答應了。

自信是余生最不缺的特質。

她側過臉，瞥了我一眼，雙眼輕眨。

光芒透射而來，那裡頭隱含著幾乎看不見的脆弱。長久以來，余生一直孤身一人。

習慣一個人一邊看星星一邊走夜路的她，早已明白流露出脆弱與急需保護，並幫不了她。

我深吸口氣，點點頭。

往日餘生。

即將登場。

「……」前輩放下鼓棒，等待著我們。

這明顯是一個考驗。

前輩完全不清楚我們的實力，當然會想聽聽看。

這間練團室裡基本設備都有，像是吉他與BASS，除了特殊的打擊樂器，算是完整的鼓組，還有完善的監聽系統。

我拿起吉他隨手試了一下，音準還可以。

余生揚起尾音，好奇地問：「行嗎？」

「行。」

「那好。今天，該來唱什麼呢？」

「妳訂吧，最好能展現出我們的特色。」

余生微微思忖，隨後果決地點點頭。她氣定神閒地喝了口水，稍稍潤喉以後，站到了練團室中央。

在登上舞臺後，余生的眼光微微瞇向了我。

你準備好了嗎？

準備好了。

那我要踏上旅途了。

嗯，出發吧。

——《輕輕》。

輕快而放鬆，很Chill風格的前奏。

來自臺灣年輕世代的陳嫻靜，一隻鳥的情歌。

余生一開口的瞬間，讓人中毒——一旦聽到就會徹底沉迷的聲線，讓我在無意間開始了吉他伴奏。

幾乎是自然反應了。

# 1

我特地看了前輩一眼，不露痕跡。

前輩第一次聽到余生的聲音——他眉毛一挑，隨後刻意地隱藏起情緒。

呵呵。

Too young too simple。

沒有人可以在余生的演唱前平淡自若。

太Chill的聲線，輕而易舉就能讓人失重，陷入名為余生的空間。

就像我這樣。

其實真正好的樂團，不管是主唱、吉他、鼓、BASS，所有樂器都是獨立的聲部，都要展現出完整性與獨立性，而不是以主唱為重。

但管他的，余生唱得就很好聽。

隨波逐流也無妨。

——輕輕。

吉他聲流轉，往日餘生再次在他人眼前演出。

陳嫻靜原唱的這首歌節奏明快，旋律輕柔。如歌名輕輕一般，輕輕、點點、悅耳，用比喻的話，就像是我們身處樹林之中，不遠處傳來一隻可愛的小鳥，鳴唱著歌。

而遠而近，讓人捉摸不透，但很療癒、很舒服。

輕輕。

——想天天繞著你飛，飛呀飛，飛過了全世界。

——抓著你的手指不氣餒，搖到頭腦打了死結。

我悠哉地彈著吉他，微微閉上眼聆聽。

這裡是離唱歌中的余生最近的地方，真正零距離的Live。

輕輕的節奏討喜，歌詞也很有意思。

配合余生在尾音刻意展現的長音、慵懶，使整首曲子更加讓人陶醉。

這是什麼？這是毒吧。

上次在低音酒吧的試演奏，有一個常客對余生的聲音給出了放毒的評價，說是好聽，而且獨一無二。

當余生唱著符合她唱腔的歌時，更加明顯。

讓人沉迷其中，無法自拔。

失重感逐漸加強，前奏也緩緩落幕。輕輕進入副歌，節奏加快，余生也開始了RAP。

她極具磁性的唱腔，抓住了所有人的耳朵。

余生輕閉雙眼，單手輕握在胸前。

這裡的語速需要提速，我也進入了全神貫注的模式。

但我很肯定，吉他至今沒有任何一絲失誤。前輩如果有一定的功底，一定聽得出來。

「……」

余生繼續高歌。

我注意到她額頭上浮現幾滴汗滴，她的身子跟著歌唱輕輕搖擺，霧灰色的長髮輕晃。唱得興起的她，往我走了幾步。

她拿著麥克風，看著我。

那彷彿沉沒了一整個銀河系的雙眼，此刻正閃耀著無限光彩。

高歌的余生，最是耀眼。

此時此刻的我徹底沉淪。

我們的距離更近，近到不能再近時，余生悠悠地唱出最後一句：「會碎成一灘爛泥，留我一個人哭泣，才懂你想念的表情。」

輕輕，輕輕地結束了。

吉他奏完最後一小段，幫最後舒緩的情緒收尾。

余生放下麥克風，練團室裡陷入了寂靜。

怦然心動。

餘韻還在。

前輩十分乾脆，站起身扎實地拍起手。

他再也控制不住表情，臉龐上明顯是雀躍與欣喜。

事實上，剛剛那首歌演奏到中段，察覺到我們的實力以後，前輩就拿起鼓棒對空敲擊，模擬著一起演奏的樣子了。

他走向我們，說道：「太好聽了！難怪唱片行老闆會給你們這麼高的評價，完全不像是新團。你們也都接觸音樂很久了吧！」

「那當然。」

「有種東西是後天不管怎麼努力都沒有的，天賦啊，這歌聲。」

「……怎麼樣？」

看上去精疲力盡的余生緩緩抬起下顎，臉蛋上盡顯從容。然而她單手往後探索，似乎想抓住什麼東西。

我狐疑地往前走了幾步。

前輩點點頭，高度讚賞道：「辨識度非常高，很有特色，實力也很強，完全看不出來是高一生……」

「是吧？」

「要我說的話，你們的配合、默契，都像是成立好久好久的樂團。往日餘生，尤其林天青的吉他，幾乎一直跟著妳——雖然妳有時候唱法很任性。」

「謝謝。」

余生把這當成讚美了。

「而且妳的音色，真的就是老天賞飯吃。不要浪費時間在其他地方了，老天都告訴妳該做什麼了。」

「嗯……」

聽著前輩的建議，我近距離一看，她水嫩而白皙的臉蛋上微微泛紅。額頭的汗水依舊，整個人看上去有些透支。

咦？不是才演唱了一首歌嗎？不至於這麼累吧？

「我加……」

前輩正要說下去——余生卻往側邊一倒，像是忽然失去意識一般，再也承受不了身子的重量，她往練團室的地板倒去。

僅僅這一秒，站在她身後的我火速往前一抱，在半空中接住了余生。

那是很輕的重量，她卻再也支撐不住。

「余生！」

我定眼一看，余生的雙眼迷濛，呢喃著什麼，無法清楚地回應我。

熱。

原先透著月光白的臉龐，就像發起高燒般，泛起點點櫻紅。我伸手一碰，確實也有點發熱。

她的身子倒在我懷中，柔軟無比。

「到底怎麼了……」

「別說了，我送你們去醫院吧。」前輩說。

他快速回到鼓架旁，收起鼓棒後示意我揹起余生。

我揹起余生後，我們一路走出練團室。前輩的車停在練團室旁邊，這時候我才意識到前輩是成年人了。

「走！」

我們以最快的速度，將倒下的余生送到了醫院。

——千萬不要有事啊。

♪

冬日，北臺灣迎來第一個寒流。

非常怕冷的我穿上了發熱衣、保暖的衣物，待在老家裡。

# 1

老家是爺爺去世前常去的地方，位於臺北郊區。是很久以前蓋的平房，還有一個小院子。不知道是不是建材大量使用了木頭的原因，秋冬之際總是特別寒冷。

我在客廳裡還開了電暖器，讓房間變得更溫暖。

爺爺走了以後，奶奶一個人獨自住在這裡。清閒的假日時，我也會在這裡度過。童年的長假也總是在這裡度過的啊，回憶滿滿。

那些過往、那些回憶。

我往客廳一旁看去。單獨隔間，由一道透明的牆面隔開的琴房，那恐怕是爺爺除了臥室以外，最常待的地方。

鋼琴聲流轉，在我的腦裡轟然響起。

爺爺彈的琴聲，真的刻入人心。

「……」

耳機裡放著白噪音，意識也變得越模糊。

也不知道過了多久，門鈴響了，風鈴般的聲音喚醒了我。

我打開門。

暖橙色的短髮輕晃，是夏橙。

她微微一笑，用手輕輕帶過剛好垂落在臉頰兩側的髮絲。仔細一看，耳畔兩邊的頭髮漸漸變長了，更添了一份知性與成熟。

或者說，淡了一分青澀。

「咦？妳怎麼來了？」

「怎麼，不能來嗎？林天青。」夏橙嘟起嘴。

「……也不是，進來吧。」

「嗯，我正好路過這附近，想說好久沒來了……就來看一下。」

我敞開門，側身準備讓她進來，夏橙卻更早一步往門裡踏，迫不及待。

她的身子掠過我身邊。

我無語了幾秒，隨後關上門。走進客廳時，夏橙站在琴房外。

她注視著鋼琴。

那間琴房，正是我們童年時最大的背景。我們在那裡消耗了無數時光——那些毫無煩惱、盡情遊戲的光陰。

我不由得心生感慨，幾秒的時間。

「妳喝什麼？」

「……」

1

「哈囉？」

「都行。」

「好。」

我現場沖了兩杯濾掛式的咖啡。夏橙不太能喝咖啡，所以選了低咖啡因，帶有輕微水果的香氣。

遞了一杯給夏橙，我們一起站在琴房外。

她雙手接過，輕啜了一口。

咖啡杯在她臉蛋前顯得偌大，讓她一張臉更顯可愛。

熱氣飄散，玻璃的牆面也染上一層霧氣。

冬天裡的咖啡，讓我的身體升起一陣暖意。

咖啡，或許讓我們的頻率對上了，在這天生傷感、寂寥的季節。

「吶，林天青。」

「怎麼了？」

「我問你喔。上一次，我們兩個人一起站在琴房外面，是多久以前的事呢？」

「……應該是，很久很久以前了吧？」

「小學？」

「有可能，也可能是國中一年級的事。」

「是喔，還真久。」夏橙莞爾，雙眼既像是望著琴房，又像是望著琴房裡早已不存在的東西。

那是什麼？

是當初歡笑無比，一起努力練琴的我與她嗎？

還是望著小時候天真無邪的自己？

我歪歪頭，這是竭盡全力思考也永遠無法得出答案的問題。

我們無力改變，甚至無力追憶。

「想你爺爺嗎？」

「想啊。」

「我也想，很想。」

夏橙用手輕撫眼眶，她的眼眶微微泛紅了。

她深吸一口氣，聲音因淚水而顯得格外沉重。

她不是會掩飾感情的人。

我想了想，猶豫片刻，在做與不做間徘徊。最後，我還是伸出手安慰似的攬住她的肩膀。

夏橙沒有閃避，而是往我身邊稍稍依偎著。

# 1

但我們還是保持著一定的距離。

夏橙的淚水終究溢出眼眶，她輕聲啜泣著，使我都為之鼻酸。

明明我早已接受，習慣了爺爺的離去。

「……」

「……」

過往的片段，如雪片般飛來。

一次次，不分輕重地從我心裡勾起那些早已無人知曉的過去。

爺爺是當之無愧的鋼琴名師，這裡更是整個臺北頗負盛名的鋼琴教室。

葉流雲。

爺爺小時候不只教我們，也教了很多很多小學生。現在回想，爺爺到底是多少人鋼琴的啟蒙老師呢？

雖然教的學生很多，但我與夏橙的課總是一前一後，或是一起。

用爺爺的話來說，是我們很適合一起練琴。

爺爺很早就說過，夏橙很有天賦，是難得能靠鋼琴吃飯的人。

他不曾在我面前評價過我，但我心裡有數。多虧了爺爺，我的天賦還可以，後天的練習更是扎實。

夏橙也好，余生也好，她們都從未批評過我的演奏。只要我認真彈起琴，確實也能感動很多人。很可惜爺爺沒有看到，但夏橙現在靠音樂也能維持生活了。

乾燥的空氣。

老舊木頭的氣味。

無止盡卻輕柔無比的琴音。

爺爺一次次打斷、一次次示範的演奏。

就連我也沉浸在，過去的回憶之中。

「……嗚。」

夏橙小小的哭泣聲漸漸止住。

她似乎忽然發現自己依靠在我身邊，一驚，往右邊小小退了一步。她放下咖啡杯，臉蛋上因為剛哭過，泛起了片片紅色。

她小巧的鼻頭、清秀眼眉下的眼眶依然通紅。

她穿著高領毛衣，用袖口擦了擦眼睛。

「林天青，我們可以進去嗎？」

「當然可以。」

——我拉開門。

1

最近因為我有時候會來練琴，除了熟悉鋼琴之外，也是為了更加熟悉音樂。不然，這裡以前荒廢了好久。

在遇到余生以前，我放棄音樂了好一段時間。

吉他丟去了倉庫，鋼琴也放在這裡被歷史塵埃封印。

我一直有種預感，或許在未來的某天又會再次放棄吧？

但至少，不是現在。

重整思緒。

前一陣子，往日餘生在找鼓手，夏橙提供了好一長串的鼓手名單，對我們幫助很大。

後來，我們在某大學的練團室，透過唱片行的老闆引薦，遇到了一個叫做徐名間的鼓手。

雖然還沒有定案，但他大概會加入我們。

夏橙說想聽聽我演奏，這也是今天她到這裡的原因。

夏橙在練琴室後方的小沙發坐下，雙眼環視了四周一圈。琴房裡保持著以前的模樣，所有東西都沒有變過位置。

依然如舊。

她感慨地說：「真的好久沒來這裡了啊。」

「是吧？」

「來吧，我想聽你彈琴，好久沒聽到了。」

「怎麼突然想聽我彈琴？」

「因為……吼喲，你別管啦。」

夏橙擺擺頭，一愣，示意我趕緊準備就位。

我哈哈一笑，拉開椅子，坐到了鋼琴前。

我低下頭看看雙手，最近練琴與吉他的時間都變長了，但過去那些討厭音樂的情緒，似乎也都不見了。

難道，比起為了什麼而彈，為了誰而彈更加重要？

我質問著自己。

第一首曲子，就先來一首——《童年》。

Richard Clayderman ——「Childhood Memories」。

我奏下第一個音。

繽紛的色彩，一時間渲染了整個空間。

七彩的氣泡，從還小的我們的口中吹出，在空間裡散開。

當時的我們無憂無慮，即使吹泡泡沒有任何意義，我們也不會去想為了什麼而吹，只是為了快樂、開心。

歡笑地活著。

童年——這首曲子旋律輕快，情感浪漫。透過琴音，激起大家對童年的想像與懷念，想起那個正在長大的自己。

注入感情去彈，更為重要。

毫無後顧之憂的燦笑聲縈繞在耳。

我想起了在公園裡堆沙坑、做沙球、蓋城堡的快樂時光。

第一次參加學校舉辦的年級馬拉松比賽。

第一次參加園遊會。

第一次彈琴彈到有人哭出來。

第一次在爺爺的帶領下去夜市玩。

第一次看到夏橙。

「……」

投入感情、注入想像的我越加放鬆，同時感情自然地流露。那是真情，而真情最是難以抵抗的。

若我不能感動自己，又怎麼能感動世界？

沉睡在心裡深處的畫面，若不是這趟旅程，我恐怕一輩子也不會再想起。這趟旅程，不只是為了夏橙。

提到她，我看了眼夏橙。

她已經聽呆了，雙手托住下顎，沉迷於其中，絲毫沒有注意到我在看她。

她是很喜歡音樂的人呢，我再次確定了這點。

演奏的最後，節奏越加溫暖而觸動人心。

還小的我看到了遠方有個背影，緩緩走過去，牽起那個人的手——定睛一看，才發現那個人竟是自己。只是，是長大的自己。

他對我微微一笑。

「以後的你，也要像我這樣繼續笑下去喔，希望你可以做到。」

「嗯！」

還小的我與長大的我做了約定。

沒有什麼事，比快快樂樂更加重要。

我的右手往鋼琴旁緩緩滑去。

Richard Clayderman ——「Childhood Memories」。

琴音緩緩。

童年的回憶，也在此畫下悠長的休止符。

我深吸口氣，轉過身面對夏橙。

慢了幾拍，聽得過於入迷的夏橙才終於恍然一醒。她的手隔著毛衣放在胸口，似乎是因為餘韻仍在。

怦然心動。

我忍不住得意起來，笑道：

「怎麼樣？很好聽吧？」

「嗯，根本不只是好聽。林天青，我認真跟你說，你不彈琴真的是浪費了。」

「妳也是呀。」

「……不要說我。」夏橙瞪了我一眼，「不好笑。」

「我不是在開玩笑，夏橙，妳的演奏帶給別人的歡樂比我多得多吧？」

「夠了，我不想聽。」

「……好吧。」我識趣地閉上嘴。

夏橙決定放下音樂一年。

這是她深思熟慮後的決定，我不適合、沒理由，更不可能去改變這件事。

說到底，人只有做自己想做的事才有意義。

我的手撫向鋼琴，忽然，過往的回憶湧上心頭。

『天青仔來一下。』

『好！』

『夏橙也來。』

『來啦～』

『你們一起坐上去，今天教你們一個特別的東西。』爺爺和藹地說。

那是爺爺第一次讓我跟夏橙一起坐在鋼琴椅上。

我與夏橙並肩坐著。

雖然是青梅竹馬，但可能因為個性相和的緣故，我們從小就幾乎沒有鬧過脾氣、吵過架，關係一直很好。

『今天要教你們的東西是，四手連彈。』

『唔！』

『今天你們兩個人一起彈，這會讓你們更了解鋼琴、更熟悉音樂。你們兩個要注意，多聆聽彼此的演奏跟情緒。描繪出來的畫面、心裡的畫面，在表現的時候可以不用一樣，但不能衝突喔。』

『……』

『……』

# 1

我與夏橙四目對視。

當時還小的我們，都聽不太懂爺爺話裡的意思。直到我們都長大了，也知道了四手連彈在音樂裡的意義。

對於音樂表現力、渲染性來說，四手連彈是很好的方式，也是很好的訓練。

結束了回憶。

四手連彈。

仔細一想，經過長時間扎實的訓練，掌握了技術，確實能以琴聲感動人以後，我與夏橙都還沒有四手連彈過呢，有點可惜。

「吶，夏橙。」

「嗯？」

「要不要，來玩玩四手連彈？」

「……」

她張大雙眼，小嘴微微張開。

我相信她也想起了當初爺爺教我們的時光。

還小的我們，坐在一起彈琴，身子因左右搖擺而不時靠在一起。那段時間，我們沒有太多無謂的煩惱，以及再怎麼逃都無法逃離的煩惱。

何其美好。

不只對我來說是極其珍視的事物，對她來說也是珍貴無比的寶物吧。

夏橙看著自己的手，又看了看鋼琴，臉上浮現複雜又難過的情緒。隨後，難過被故作堅定的倔強取代。

夏橙搖搖頭，「不要。」

「為什麼？」

「你不要管。」

「……」

就像是一隻刺蝟，只要觸及讓她彈琴這件事，夏橙就會強烈反彈。

到底為什麼？

只是因為真的太累了嗎？

太多時間被音樂所綁住，反而失去了自由的時光。

我們陷入沉默，氛圍在一時間變得清冷。

尷尬。

我心裡有一句話，一直在猶豫要不要說，最後我再也無法忍受地問道：

1

**「還小的時候，剛接觸鋼琴，每天都快快樂樂地練著琴的妳，有想過在未來的某一天，妳會這麼厭惡鋼琴嗎？」**

「……」

「一定……沒有吧？」

「你去死吧。」

夏橙帶著慍怒站起身，瞪了我幾眼，隨後掉頭就走。我嘗試叫了她的名字幾次，她卻連一次都沒有回頭。

她推開大門，筆直地跨出步伐。

夏橙走了。

看來我好像問了太過火的問體……

但是，真的會嗎？

我呆坐在沙發上，仰頭望著天花板。唉，真難。

# chapter 2

## In the Rain

## 2

冬天，最為蕭瑟，讓人易感寂寞的季節。

從醫院的窗戶往外看去，街道上沒什麼行人，天色灰濛濛一片，本應林蔭夾道的道路也逐漸凋零。

氣溫明顯降低了，好冷。即使走在醫院的走廊上，穿著毛衣的我手腳依然微冰。

今天特地來了趟醫院，探望余生。那天送余生來急診後，醫生的診斷是她太過勞累，需要住院觀察幾天。但幸好，沒有什麼大礙。

今天既是探病，也是我想見余生了。

想余生了嗎？

我也不知道。

我推開病房的門——

余生在病床上躺著，見到我來了，輕盈的睫毛跳了跳。

她單手扶著床邊，想要撐起上半身，但試了幾次都沒成功，看來還是很虛弱。最後是我扶著她在床上半坐起來。

余生纖瘦的身子披著毛毯，整個人彷彿染上一層霧灰。

我在床旁坐下。

「午安，余生。」

「嗯……你怎麼來了？」

「來聊聊關於前輩入團的事，也看看妳呀。送妳來醫院的那天，我真的嚇傻了。」

主要只是想看妳。

我仔細看了她一眼。

余生本就雪白的臉蛋，過了這幾天更加蒼白，她從袖口露出來的雙手亦是如此。

平常總是整理得好好的空氣劉海，此刻隨意地梳到兩側，變成簡單而知性的中分長髮，幾縷髮絲垂落在她的胸前——霧灰色的髮絲，透出一絲絲的光彩。

看起來，她恢復了一點元氣。

只有一點而已。

我略顯擔心地問道：「妳的身子感覺怎麼樣了？」

「……」余生輕咬著嘴唇，眼神低垂，似乎在想該說什麼，幾秒後對我說道：「還好，我沒事。」

「……」

我一時不知道該怎麼回應。

沒事的人不會這麼回答，更不會連扶著床沿坐起身都做不到。

余生的倔強與一身傲骨，我再次感受到了。

「好吧……」

追問是沒有意義的事，之後我多加留意就好了，還是聊點開心的事吧。

「喏，幫妳買的熱拿鐵。」

「喔！謝啦。」

視咖啡如命的余生，看到咖啡眼睛都亮了。

我正要把咖啡放到桌邊，余生卻伸出雙手，打算捧過我手上的咖啡杯。纖細而形狀漂亮的十指輕觸到我的手背時，我感到一陣冰冷。

她的手比我還冰。

再無言語，我趕緊把熱咖啡給了余生。

她雙手捧著飄著熱氣的咖啡杯，迫不及待地喝了起來。也不知道她是幾天沒喝咖啡了。

「喔，算好喝呢。」

「是吧，哈哈。我覺得他們咖啡豆品質很好。」

我也拿起我的拿鐵，默默地喝著，一邊思忖。

那天僅僅是唱歌而已，余生竭盡全力唱完結尾後，卻連站都站不穩……甚至得緊急送醫治療，這怎麼想都不正常吧？

就算是爭取前輩加入的考驗，那場試唱需要全力以赴，但余生的體力也不至於就這樣徹底透支吧？難道她平常很常熬夜、徹夜練習或創作嗎？

這倒是有可能。

仔細回想了一下我們的相處……我從來沒有感覺到余生的身體很差。有可能這次只是因為最近太累，而臨時發生一點意外。

那應該真的沒什麼事吧？

「吶，林天青。」

余生充滿磁性的聲音忽然傳來。

我一轉頭，卻看到了她深邃如星河的眼瞳，正以無辜而清純的眼神望著我。

令人屏息。

余生輕輕問道：「你說，徐名間願意加入我們吧？」

「會吧。關於這個，我等一下會去跟他碰面，但我覺得他是已經決定要加入了，九成九的機率。」

「最後百分之一就靠你了——林天青。」

「沒問題。」

時代音樂祭的海選在明年二月，剩不到兩個月了。

前輩是我們眼前最大，也是幾乎最後的希望了。

## 2

♪

前輩約了我到獨立唱片行碰面。

那家店使用了原木色、灰色、白色作為內外部裝潢的主色調，都是低調、看上去舒服的色彩。內部除了唱片櫃以外，在店的後方也隔出了一小片喝咖啡、聽音樂的空間，有時候會有獨立樂團在那邊唱著歌。

「你好。」

路過櫃臺時，坐在櫃臺後方、戴著黑色圓框眼鏡的老闆對我點了點頭。

店裡依然是那股淡淡的茶樹精油芬芳，輕音樂流淌。

這是一間，不管心情再怎麼煩躁、再怎麼憂鬱，只要走進來都可以放下緊張情緒、徹底放鬆的避風港。

我點了一杯無糖冰拿鐵，順便說道：

「老闆，上次謝謝你的幫忙。」

「嗯？你說的是？」

「上次你介紹的徐名間，那個鼓手，真的很適合我們團。」

「是吧。」

「而且我感覺他應該滿喜歡我們的……但我不確定，上一次發生了一點事，其實我們也不知道他心裡怎麼想。」

「哦？這就是你們今天約見面的原因啊？」

「嗯，前輩已經到了嗎？」

「到了，他在後面等你。」

「我居然比他還晚到嗎？」

「是他早到了。」老闆看了我一眼，平靜地說，「之前去低音符酒吧那邊，聽你們演唱之後，我想了想，有幾張唱片要推薦給你們——帶回去聽吧。」

「……呃，這怎麼好意思！」

老闆趁蒸煮Espresso（濃縮咖啡）的空檔，遞給我一個牛皮紙袋。

盛情難卻，我一時猶豫，不知道該不該收下。

老闆繼續解釋道：

「收下吧，沒事。因為你們都是有天賦的人，那天聽到你們演唱之後，你很難想像我有多震驚。看到你們這樣的人，我更想支持你們。」

「……」

「等你們練得差不多，記得來我們這裡駐唱就好。」

## 2

「那沒問題。」

我笑著答應。

老闆將剛做好的冰拿鐵，與裝進牛皮紙袋的幾張唱片遞給我。

「祝你們練習順利。」

「好。」

老闆真的很幫我們。至於天賦，余生那獨特的嗓音與慵懶浪漫的演唱方式，加上過於吸引人的氣質與外表的強烈加分，確實是老天賞飯吃，沒話說。

走進獨立唱片行的後方，那裡有一片面窗的寬廣地帶。

時值冬日，冬日的暖陽徐徐照耀。

靠近唱片櫃的灰塵粒子，在陽光下盡顯無遺。

在白襯衫外披著一件牛仔外套，身穿單寧長褲的前輩，此刻正沐浴在光線之下。背光的他正看著桌上的筆記本。

我走過去。

「午安，前輩。」

「啊，你來了啊。」

我瞄了眼筆記本，好像是鼓譜。他應該在研究某首歌吧。

喝了一口冰拿鐵，清醒一下腦袋，我問道：

「前輩，你最後決定怎麼做呢？要不要加入我們樂團？」

「這個問題，答案還不夠明顯嗎？」

「我本來以為是了，但是……」

前輩一愣後莞爾，「你是在想，余生那樣忽然倒下，會影響我的決定嗎？不會啊，反倒讓我更佩服她了。」

「……」

「你知道嗎？林天青，鼓手是一般聽眾都不會注意到的人，大家都會看到主唱跟吉他手，但是鼓手在聽眾眼裡，永遠都隱藏在鼓的後方。我最喜歡看著團員們閃閃發光的樣子了。」

那天的余生跟你，都閃閃發光。

無數道光輝圓點，隨著你們的歌唱而上下舞動。

「……鼓手也很重要啊。」

但前輩說得沒錯，一般聽眾確實最少留意到鼓手，甚至連團員在舞臺上互相慶祝、擊掌時，因位置的關係，也很常越過鼓手。

但鼓手，其實是整個樂團的支架。

我盯著前輩的雙眼。

## 2

「所以，前輩你確定要加入我們——往日餘生對吧？」

「當然。」

那是爽快無比的答案。

徐名間堅定而線條鮮明的臉龐，在整道冬日陽光都形成他的背景時，堅毅地答道。

不由得令我目眩。

我連忙喝了口咖啡，用手機傳給余生這一個好消息。

「但我不懂，為什麼余生唱輕輕唱到最後時，整個人虛脫無力，你反而更喜歡她了呢？」

「這個嘛。」前輩欲言又止，看似審慎地拿捏著詞語，「這麼說吧。我很羨慕、尊敬那些在追逐夢想的路上，竭盡全力燃燒著自己的人。」

「……」

余生是。

某橙不是。

某橙在最初的從前也不是。

前輩以成熟而低沉的聲音繼續說道：

「林天青，你比我更認識她，你們很熟啊。以前余生有偶爾會在這間店前面唱歌，常常一唱就是唱到午夜，天氣再冷她都在。」

「我知道。」我點點頭。

這裡也是我最初遇見余生的地方。

「她一直很努力。那天你們一起演唱輕輕，她投入的情感、注入的精神、她使出的能量，在我眼裡都是竭盡全力，不顧後果。也就是說，她為了確保我願意做為鼓手，加入往日餘生——願意做到這個程度。拚上一切後倒下，不是也很正常嗎？」

「這樣說的話……」

「總要有人，站在這樣的人身後吧！」

前輩稍稍放大了聲量。

聽著前輩所說的話，我深有同感地點點頭。

仔細一想，我其實或多或少也有抱持著這樣的想法，跟余生堅定地站在一起。

如果她一個人燃燒的光彩不夠明亮，三個人或許就夠了。

主唱——余生。

吉他——林天青。

鼓手——徐名間。

往日餘生終於更加完整了。

前輩拿出手機。

## 2

「林天青，給我手機號碼吧，Line也給我。」

「喔喔，好。」

「等到余生身體好一點時通知我，我們要開始練團了。」

「嗯，沒什麼意外的話會是下週——余生的身子還是有點虛弱，但下週再怎麼樣也能唱歌了。我們要備戰時代音樂季的海選。」

「時代音樂季，這是現在的目標是吧？」

「是的。我們想要登上時代音樂祭的主舞臺——這是我們現在的夢想。」

「好，一起踏上旅途。」前輩堅毅地說。

與前輩的對話十分順利，還要繼續研究樂譜的他，繼續留在獨立唱片行。

提早結束而沒事的我，想了想不知道要去哪裡，不如……也回家練習一下吉他吧。

咦，什麼時候我居然會主動練習了？

不可思議……感覺，我們也得開始籌備自己的歌了，一直唱別人的歌也不是辦法。

往日餘生，這個團名就很適合拿來出一首歌。

充滿了時光的含意，能延伸的地方、方法也很多。

不知道是不是冬天的關係，我走在回家的路上時，明顯感覺到行人變少了。在小巷弄裡，甚至看不到一個人。

林木夾道。

上次惹夏橙生氣以後，她再也沒有傳簡訊給我過。

事後回想，那句話確實有點過火了，還是找個時間道歉一下好了。

迎著清冷的冬風，我一個人走在回家的路上。

最後一抹秋意，也消逝了。

前輩正式加入後，余生在Line上開了一個往日餘生的群組。

團員：余生、林天青、徐名間。

大家都很清楚第一階段的目標，明年二月左右參加時代音樂祭的海選，通過之後登上夏季墾丁的主舞臺。

那是萬眾矚目的表演舞臺，也是大多數地下樂團，最想登上的舞臺。

目標明確，方向一致，剩下的只是練習。

很快地，我們迎來第一次的三人團練。

當我再次看到余生時，都不用細看就能知道，她回來了。

氣場強烈，存在感鮮明的余生，光是站在那裡就能奪走空間裡大部分的色彩與焦點。

## 2

她回來了。

既美又瀟灑，太過迷人。

閃耀光澤的霧灰色長髮，漫不經心整理過的空氣劉海下，是那張化上淡妝而顯得更加漂亮的臉蛋。能沉入一整輪星月的雙眸，充滿了決心與期待。

她穿著堇紫色的長版大衣，露出直達大腿根部的白皙長腿，腳上穿著黑色的長靴，就這樣走進了團練室。

前輩還沒到，只有我與余生在而已。

余生走近我，熟悉的氣息如期而至。

「吶，謝謝你，林天青。」

「唔？為什麼？」

「謝謝你在我躺在醫院的這一段時間，讓前輩願意加入我們樂團。」

「他本來大概會加入我們，我只是最後那百分之一的推力而已。」

「那就夠了。」

余生從正面輕輕抱了我一下。

我猶豫著要不要也伸出手……幾秒後，她緩緩退開。

遲了。

我把買來的三杯咖啡放到桌上，忽然想到了什麼，於是問道：「余生，妳的身體怎麼樣了？」

「還行吧。」

「還行？」

余生微微抿唇，別開視線，「我說還行，就是還行。不用擔心我。」

「是嗎……」

總感覺，余生的身體還是沒有恢復。

我不再說話，空間裡的氣氛也陷入沉默，引起尷尬。

「呀！」

余生小小地叫了一下，探出手搭上我的肩膀，以不容分說的氣勢把我轉過來面對她，並直勾勾地望著我。

「喂，林天青。」

「在。」

「今天要好好練習，離海選的時間很接近了，我們沒有多少時間可以浪費。」

「我知道……」

「要抓緊時間，培養我們彼此的默契。」

「是的。」

## 2

「所以，拜託你，不要再分心了。」余生難得低下聲，並以從下而上的角度，輕聲說著。

我……我還能說什麼，只能乖乖點頭。

余生的身體狀況只有她清楚，依她的個性，也沒有人可以改變她。

「那就好。」

余生輕輕靠在桌沿，拿起我幫她買的咖啡。她單手拿著咖啡杯，若有所思地想著什麼。

重整思緒，關於往日餘生的默契這件事。

雖然前輩的技術也很專業，但能不能配合余生略帶任性的演唱方式，不好說，任何新成立的團都要需要大量的磨合與練習。

余生的演唱太有個性。

幾分鐘後，前輩也帶著鼓棒到了。

前輩穿著合身的白色襯衫，袖口一路往上捲到手肘處，露出線條有力的手臂，搭配著灰色的千鳥紋長褲。

今天的他，特地將頭髮梳整齊了，不再像以往那般略帶凌亂。

「早安，兩位。」

「早安前輩，就等你了。」

「嗯，給我三分鐘。」

前輩帶著鼓棒坐到角落的鼓後，開始做練團前的調整。

余生對前輩點點頭。

「歡迎加入——往日餘生。」

「呃，加入你們我是求之不得。」

「真的嗎？」

「真的啊。你們兩個高中生，以為我剩下多少時間可以追夢？哈哈哈。我加入你們，是因為覺得加入你們——我們能成功啊。」

前輩開朗的聲音，成為練團室裡一股溫暖的旋律。我不由得會心一笑。

余生走近我：

「吶，林天青，這是我們第一次一起正式練團呢。」

「感覺怎麼樣？」

「感覺，跟徐名間說的一樣，離我的夢想越來越近了。」余生難掩真情地說。

她清清嗓子，站到練團室的正中央，閉上了眼睛。

那是余生在開唱前，凝聚情緒的準備動作。

我呼出一口氣，也開始調整吉他。

離時代音樂祭的海選還剩下兩個月，這兩個月，我們能更進一步了解彼此、默契更好一

2

點，這都讓我們走得更遠。

往日餘生，首次三人團練。那一天，我們一口氣練習了五個小時。要不是時間太晚了，我們還會繼續練習。

余生後來不再站在練團室中央，而是拉了張椅子，坐在椅子邊沿。

唱到後來，余生的聲音都漸漸啞了，不知道是不是硬撐著。

我一直觀察著她。

余生的臉頰有些通紅，臉蛋上也浮現汗滴，但整體來說，她並沒有不適。

上次住院以後，她的元氣是多少恢復了。

而我，我都不知道上次一口氣彈吉他彈這麼久，是多久以前了。

但酣暢淋漓。

傾盡全力練團，目標一致的感覺很好，每一個人都是毫無保留。第一天練團，我們盡可能把大家的習慣一口氣磨合了一遍。

前輩一邊打鼓一邊嘖嘖稱奇。

「余生，妳唱歌一直是這麼……那個術語怎麼講？故意慢一拍、兩拍，反正就是讓聽感很慵懶的那個唱法？」

「我只是唱出我想唱的。」余生毫不在意。

看來只有我知道了。

「前輩，那個唱法叫做Lay Back。」

「Lay Back，對，就是這個。」

「在正常、規律的節拍裡，把節奏往後調整，可以營造出一股漫不經心、頹廢、放縱的聽感。」

「呀，林天青，你怎麼挑都壞的說？」

「咦，有嗎？」

「這首練完，我們就休息了吧。明天早八，我還得去上課……」前輩說。

「好。」

我們真的練習了好久。

這也是以後這兩個月的常態了。

要現場因情緒的積累而即興表演的話，更得清楚了解到團員的極限。

余生最喜歡臨場調整節奏，Lay Back的編唱，以她標誌性的浪漫放縱與散漫的唱法，感染全場聽眾。配合她充滿磁性的獨特嗓音，穿透力極強。

我很喜歡她的聲音，也有一部分是為了這個聲音而拿起吉他。

我已經很熟了。

## 2

前輩在第一天的團練過後，想必也更加熟悉了。

離開前，前輩忽然說道：

「對了，你們有在寫歌嗎？」

「……怎麼了嗎？」

「對於我們這樣的獨立樂團來說，有自己的歌比較好。如果我們想要踏上更大的舞臺，變得更紅……」

「往日餘生——一定要有屬於我們的歌。」余生說道：「我一直有在寫。」

「我有時候也會寫……」我補充。前輩說的，我早就意識到了。

前輩收起鼓棒。

「嗯，我們在海選時，唱的最好就是我們自己的歌。如果不行，那在時代音樂祭上肯定要唱自己的歌。」

「我快寫完了，這個月寫得完。」余生回道。

「好，名字叫什麼？」

「——《今日之歌》。」

余生微微一笑。

我們從團練室走出來時，天色早已全黑了。

深夜的臺北，時值冬日，街道上幾乎沒有人影，只有偶爾駛過的車輛。
街邊的橘燈一閃一閃，凋零的行人樹、枯萎的街頭花圃與呼嘯的冷風，更顯孤獨。
「上車吧，我送你們。」
「謝謝。」
前輩開車送我們到捷運站，把我們放下車後，他的頭從車窗裡探出來。
「今天練得很盡興，下次繼續啊！」
「當然！」
以上，就是往日餘生值得特別記下的第一次團練。

♪

接下來的兩個月，直到年底，我們幾乎是一有空閒，就會齊聚在團練室裡練團。
我與余生都是高一生，空閒的時間比較多。余生更是一心一意、全心專注在往日餘生之上。
前輩是大學生，比我們還忙，但他也是盡可能騰出時間一起練習。
經過了兩個月的練習，前輩的鼓，實力與底韻也完全展現了出來。
現在的往日餘生，稱得上是成熟的樂團了，不再有初次合作的青澀。

## 2

這段時間，余生寫完了一首歌。

當她把寫好的曲跟歌詞傳給我跟前輩看時，我們都很喜歡那首歌——《今日之歌》。很適合我們。

以前我就很仰慕余生的才華，也折服在她那獨特而迷人的聲線之下，亦折服於她那浪漫了放縱與頹廢的演唱。

經過了長時間的相處，更是深深被她迷住。

七彩的光點，似乎永遠環繞在她身邊。

余生說，我們要寫以時光為主題的三部曲。我也常常在家裡寫歌、想著歌詞。

《今日之歌》。

《明日之歌》。

《昨日之歌》。

現在完成的只是第一首歌——今日之歌。

「時代音樂祭的海選，我們就演唱這首歌吧！」

「贊成。」

「加一。」

毫無異議，我們三個人一致同意在海選時演唱今日之歌。

比起翻唱，唱原創的歌更有優勢。

我們的練團，也開始投入大量時間在這首曲子上。

不得不說，當所有團員都是傾盡全力投入同一個目標，那種感覺真的很熱血，我從未有過這種感受。

這段時間，余生的身子也很健康，霧灰色的髮絲，一直閃耀著光彩。

在她音域以內的高音，動能也變得更穩、更有魄力。

她飆起高音時，就像是隻無拘無束的鳥，掙脫了所有枷鎖。

余生進步神速的高音能在音域內不斷、不斷地累積，把高音的音浪一波波往更高、更遠的地方推去。

每當她進入這個狀態，我與前輩都會更加賣力地跟上。

太過好聽。我想聽過的人都會這麼認為。

獨立唱片行的老闆，在年前邀請了我們去他的唱片行演出，說要模擬一下參與時代音樂祭海選的感覺。

「你們來就對了。」

「……」

「現在的你們，比我邀請的大部分樂團都還好聽了。」

「哦？是嗎？」

我有點不敢相信。

「哈哈哈，我就知道。」余生雙手抱胸，面露自信。

唱片行的老闆也沒說什麼，只是微笑地說：「你們練習的時間很長了，對於現在的你們來說，只需要聽眾而已。」

「……」

「來吧，在你們成名以前。」

不管是我、前輩還是余生，我們都是這家裝潢以北歐風為主的獨立唱片行，多年以來的熟客。成立之初，老闆對我們更是幫助甚多，就連前輩都是老闆介紹給我們的呢。

跨了一年，二月分就是時代音樂祭的海選。

一月分的某個夜晚，往日餘生首次公開亮相於獨立唱片行的演唱空間。

那是我們第一次公開演唱。

以簡短的文字敘述的話，就是余生——我們，第一次綻放了光彩。

原本平靜的夜晚，再無寧靜，變成了許多人心中難以忘懷的一夜。

獨立唱片行的展演空間裡坐滿了聽眾，後面還站了一些來店裡買唱片，順便路過的路人。

空氣乾燥，我不由得心跳加快。

一點點而已。

余生穿著那件堇紫色的長版大衣，柔軟的質地包裹著她纖瘦的身子。

或許是因為冬天太冷，她穿上了米色七分褲，露出纖細的腳踝。天生麗質的余生特別畫上了淡妝，勾人的睫毛也變得更長。唇上點上了一點唇膏，略顯難得的青澀。

我們終究只是高一生。

灰暗的空間裡，直到余生抓著麥克風，邁開長腿——踏上了舞臺，頓時明亮了整個空間。

霧灰色的長髮之下，是她細緻的臉蛋與深邃的眼瞳。

個子偏高的前輩，在偏長的素色T恤外披上復古風格的黑色飛行員外套，坐在鼓後，對我們眨眨眼。

我抓著吉他，站在余生的右後方。

我不由得回想，到底發生了什麼？讓我們會一起站在這裡。

在半年以前，我還是一個連音樂都不想碰，看到就下意識閃避的人。

就只是因為遇到了余生，現在的我正站在這裡。

# 2

『如果你真的需要跟我成團的理由——那我給你。』

『我就是你的理由。』

『比起為了什麼而彈，為了一個人而彈，更加純粹。如果你非得為了誰而彈，不如——不對，就為了我而彈吧。』

余生靠近我，似乎是察覺到我有點分心，她的手在背後捏了我一下。

「林天青，準備好了嗎？」

「嗯。」

「那跟我一起，踏上旅途吧！」

余生往前輩的方向看了一眼，前輩雙手的鼓棒已然懸空。

她斜眼再次對我瞇了一下，我按下吉他弦。

余生的嘴能唱歌，而她的眼睛，能說故事。

往日餘生的初舞臺，就此踏上旅途。

今日之歌。

# chapter 3

## In the Rain

3

離海選的時間越來越近，我有空也開始寫起第二首歌，總不能只有余生寫。

依稀記得，是雨天。

昨天因為追劇太晚，沒有寫完歌，因此，我在放學後特別到咖啡廳補進度。

一邊寫，余生的聲音一邊在我耳邊環繞。

忽然，門開了。

我的視線往門外看去。

從門外進來的女孩在白色制服、黑色百褶裙的高中制服外，穿上一件隨性翻領的薄風衣，落肩，更顯隨意。

霧灰色的劉海，輕盈一跳，她往咖啡廳裡探頭，發現了躲在深處的我。

不妙。

「喲，林天青。」

「咦？妳怎麼來了？」

「別跟我裝傻，電話不接、LINE也不讀，原來是窩在這裡耍廢啊。」

「我哪有！」

余生也不在意真相，她只是想要調侃我。

我太懂了。

余生在我對面坐下，開心地點起咖啡。

「有推薦什麼嗎，林天青？」

「推薦妳喝冷濾咖啡。」

「嘖，你是不是想苦死我？」余生瞪了我一眼。

「……靠，妳也懂了。」

「最近被你騙太多次了，每次推薦都專門推薦很苦的咖啡。我是可以喝，但我懷疑你是故意的。」

「……」我心虛地別開視線。

不是故意的。

才怪。

「那個……我要一杯卡布其諾。」余生用手揉揉額頭，接著說：「再一杯焦糖瑪奇朵。」

「好的。」

店員收起菜單離去。

咖啡因好像有點多了。

我好奇地問道：「余生，妳要喝兩杯啊？」

「是啊，昨天有點累。」

# 3

余生的聲音聽起來確實很疲倦。

她的臉色沒有很好，但也沒有到蒼白。皮膚狀況也是，在沒有上妝的情況下，依然細緻光滑。

我擔心地問：「睡不好嗎？」

「嗯，幾乎沒怎麼睡著。我一直在想歌詞，想編唱……唉唉唉唉，這週真的有點累。這一週我幾乎都睡不到四個小時。」

「這樣……」

我本想勸什麼，但又覺得勸余生等於沒勸。這一陣子，她的身體狀況一直都還可以。咬著吸管，我一時無語。

直到余生再次用手揉揉額頭，按摩了一下雙眼。

她的眼睛稍有血絲，等咖啡到來的空檔，她將雙手放到桌上，頭也跟著趴下了。

累到這樣就太危險了。

硬喝兩杯咖啡繼續拚，這樣八成晚上又會失眠。

我忍不住開口：「妳該休息。」

「……」

「余生，海選的時間都要到了，不必為了寫詞這樣吧。妳已經一週沒怎麼睡好了，現在最需要好好睡一覺。」

「別說了，讓我先睡一下。五分鐘後叫我。」

「妳……」

我正想繼續說什麼，趴在桌上的余生卻伸出食指，封住了我的嘴唇。

我只好往後一退，閉上了嘴，讓她先睡睡。

咖啡？

妳還是別喝了。

有點生氣的我趁余生在補眠，走到櫃臺，取消了她的卡布其諾。

店員問：「焦糖瑪奇朵呢？」

「Espreeso不用加了，我要零咖啡因。」

「……這樣那個女生不會生氣嗎？」

「她就算生氣，我也不會讓她喝。」我斬釘截鐵地說。

心裡存有余生喝不出來的僥倖。

取消余生的咖啡之後，我回到桌邊，她依然趴著，不知道是不是真的進入了小睡的狀態。

但我自然不會發出半點聲響，更不會叫醒她。

我重整思緒，把注意力集中回筆記本上的歌詞。

# 3

前奏已經寫得差不多了。

秋天是我最喜歡的季節
那天正好在下雨
妳穿著一身黑，在我耳邊低語
妳說好想淋著雨滴唱著歌
秋天的細雨裡響起熟悉的弦律
我知道，那是最美好的聲音，遇見妳是我最好的際遇
那首歌，是我們最愛的那首
我們跟著時間走啊走

看著歌詞，我忍不住微笑，這是往日餘生的故事啊。
窗外下著雨，透明的窗戶上布滿了水滴。
LoFi的音樂在咖啡館裡流淌，時間彷彿越來越慢。
美好的時光，就是如此。
「……唔！」

余生猛然從臂彎中抬起頭，霧灰色的幾縷長髮凌亂地垂落在她的臉前，遮住了她的視線。她伸出手一別髮絲，將髮絲捎到耳後，再次用手揉揉眼睛。

「林天青，你沒有叫我喔？」

「為什麼我要叫妳？」

「我不是說，五分鐘之後叫我嗎！」

「我有答應妳嗎？」

余生一愣，像是從未想過我會這麼說。她呵呵一笑，好像有點生氣，卻又對我無可奈何。這模樣，有點可愛。

「……很可以啊你，林天青，越來越狡猾了啊。」

余生噴了我一下，隨後視線在桌上尋找咖啡杯，發現了送上桌的焦糖瑪奇朵，連忙用雙手抓到身前，開始喝了起來。

「另外一杯呢？我不是還點了卡布其諾？」余生忽然問。

我想也沒想，直接回道：

「我叫店員等這杯喝完後再上，才不會冷掉。最近冬天嘛，冷了就不好喝了。」

「……喔，謝啦。」

余生含著吸管喝著，也沒有提出懷疑。

應該沒喝出來。

剛剛的我，居然在一秒鐘內以合理的藉口，化解了余生的懷疑……看來我也長大了，開始會說謊了。

但這無疑是個善意的謊言，也無所謂。

我就是不想讓余生再喝到咖啡因。

余生放下焦糖瑪奇朵，嘟囔著：「奇怪，今天味道怎麼有點淡？」

「可能是因為這家咖啡館的糖一向放得比較少吧？焦糖瑪奇朵，要是焦糖放得比較少也會這樣。」

「……是嗎？」

余生傾了傾白皙的頸子，將長髮順手撥到一側。本來她還想說些什麼，但視線注意到我手下的筆記本。

「那是什麼？你最近在寫的歌詞嗎？」

「嗯。」

「讓我看一下，好嗎？」

「當然可以啊。」

我把無印良品的筆記本遞給余生。

余生說過，她想寫的是以時光為主題的歌。本來也沒什麼主題的我，乾脆就以這個為方向寫著歌詞。

以往日餘生為主題，寫點我們創團至今的點點回憶也好啊。

余生沉默而仔細地讀完歌詞，抬起頭注視著我。

「你是不是喜歡我？」

「……怎麼突然這麼問？」

「因為你寫的歌詞啊，林天青。」

余生露出邪惡的笑容，特地把椅子挪到我旁邊，跟我保持若即若離的距離，笑著指向筆記本：「你看這句。」

我知道，那是最美好的聲音，遇見妳是我最好的際遇

我的臉瞬間紅了。

「啊啊啊，別唸了！」

雖然那首歌裡，沒有明確地寫出是誰，但我想余生一看就能知道。

大意了。

3

我試著搶回余生手上的筆記本，她卻是一邊閃躲，一邊咯咯笑著。最後，玩膩的她把筆記本放回桌上。

她往後靠向椅背，手指輕觸著咖啡杯。

「歌詞寫得很好呀。」

「是嗎？」

「感覺跟我寫得差不多了。而且，都很適合我們，有很大一部分是屬於我們——往日餘生的故事。」

「嗯……」

「林天青，繼續寫，我期待看到這首歌喔。」

「好。」

我做出承諾。

窗外持續下著雨。

這間位於巷弄內咖啡館內的氣氛，反而越加溫馨。時間也晚了，店內的角落微微映著橘黃色的燈光。

很溫暖。

很愜意。

余生，浪漫了放縱與散漫。

她淡然開口：

「那，你有想到那首歌的名字了嗎？」

「還沒呢。」

「我們海選預計要唱《今日之歌》。今日、昨日、明日……不然這樣吧，林天青，你寫的這首目前看起來偏向美好的回憶，對吧？」

「是啊。」

「那昨日之歌——如何？」

「……」

我想了想，余生一直以來想創作的是時光主題的歌曲，這點從我們的團名就能察覺。

昨日之歌——描述過往的美好。

我攤開手，順便把筆記本收回，點點頭說道：「好。」

「嗯！那我也要來寫啦。」

那一天，我們在咖啡館聆聽著雨聲，好希望能到永遠。

♪

## 3

冬至到了。

臺灣迎來史上最強的冷氣團，越來越冷了。

時間過得很快，二月分就是時代音樂祭的海選。

隨著時間逼近，我反而沒有覺得緊張。

不知道余生、前輩怎麼想，但現在的我們——往日餘生，準備得差不多了。

余生的獨特嗓音與魅力。

前輩的鼓，沉穩得猶如協助辨別方位的夜星。

他們的實力都很堅強。

從余生力邀我一起組成往日餘生，再找到鼓手前輩……在兩個月的時間內，我們幾乎投入了所有空閒時間，只要放學後，前輩有空，就是三人團練。若前輩沒空，我和余生也會自己練習或寫歌。

像這樣高度集中於練習、竭盡全力地努力，過了整整三個月……或許我們在參加海選前，該好好放鬆一下。

我問了余生，余生也深有同感。

於是，我們打算找個假日去宜蘭的民宿中度過，徹底遠離城市的喧囂，遠離熟悉的一切，調整身心，再投入海選。

我與余生一早就坐火車到了宜蘭。

而前輩？他因為臨時有點事，要晚一點才會開車來會合。

很有意思的是，從臺北坐火車到宜蘭沒有花費多少時間，但火車外的景色，變換得很快。

城市的風景似乎隨著每一個軌道柵欄的升起、降落，一個個消逝。

窗外沒一會兒就從高樓大廈、車水馬龍變成郊區，最後連三層樓以上的建築都難以瞧見。

取而代之的是，稻田與花田交錯分布的田園風景。

一望無際的平原、遠方的群山。

乾淨的藍天、密度極低的人為建築，讓整個世界因此更加壯闊。

下了火車，我們騎上電動自行車，前往民宿。

這種自行車不用我們全程使力，騎起來很輕鬆，還能順便看看沿途經過的風景。

午後的陽光照耀著宜蘭平原。

冬日的暖陽既不刺眼也不燥熱，只在清冷的冬天裡，帶來一點暖意。

時值冬天，處於休耕期的稻田光禿禿一片，更有一番凋零、萬物具寂的氛圍。這裡沒有車子路過的行駛聲，更沒有時不時傳來的吵雜人聲。

一片寧靜。

跟我最喜歡的秋天，感覺很像。

## 3

「林天青，就是那棟！」

「到了嗎？」

「到了。」

騎了一段時間，我們終於到了別墅前。

我們租了兩天的民宿，位於一整片農田的前方。

那是一棟兩層樓的別墅，外表簡單乾淨，是偏西式的建築。門口放著三張木製的躺椅，讓人可以躺在那裡欣賞田野風情。

至於為什麼還是高中的我們租得起別墅，是因為前輩贊助了不少。

我們停好自行車，走向別墅。

從遠方海洋吹拂而來的風，揚起了余生的空氣劉海。

別有氣質的霧灰色長髮，似乎更適合這樣略顯蕭瑟的季節。她用手稍稍整理過，隨後敲敲門。

咦？我稍感詫異。

我以為，我們是最早來的人了……居然不是？

「咦？妳沒帶鑰匙嗎？」

「鑰匙我先給別人了。」

「前輩？前輩不是臨時有事，晚上才會開車過來會合嗎？」

「誰跟你說是前輩了。」

余生輕哼一聲，隨後露出詭計成功時才會有的微微奸笑。

她輕輕抿唇，笑道：「林天青，我幫你特別約了一個人。」

「誰啊？」

我一頭不解，直到門從裡頭緩緩推開。

一頭暖橙色短髮的女孩，從門裡可愛地探出頭來。

唔，不對，可愛什麼，莫名其妙！

我定睛一看，發現確實是她。

她先是看見余生，跟余生稍微打了聲招呼。隨後輕輕轉頭，發現我站在這裡。

一秒、兩秒、三秒……

個性天真直爽、從不隱瞞情緒的夏橙，以控制得宜的聲音——剛好能讓我聽見的音量，嘖了一聲。

「嘖嘖嘖。」

看似一隻憤怒的秋田犬。

她微微瞪向地面，再瞪向我。

夏橙很不開心。或者該說，像極了生悶氣已久，隨時準備爆發的模樣。

3

自從之前吵完架，我好像沒有再跟她聊過。但認真說，我並沒有多放在心上，甚至也想找時間跟她小小道個歉，只是後來太忙，一直練團，就忘記了這件事。

「……」

稍稍回想，好像有點太渣了。

畢竟夏橙對我們一直很好。

我故作好奇地問：「咦，夏橙？妳怎麼在這裡？」

「余生邀請我來的，我根本不知道你會來。」

「我也不知道……」

「啊？你也不知道什麼？」夏橙直接變臉，「你是說，如果你知道我會來，你就不來了是嗎？林天青，你會不會太過分啊！」

「我沒有這樣說啊。」

「你就算沒有明說，也是那個意思。以前、以前你都不會這樣對我……」

「妳也說那是以前了……」

「以前？」

夏橙聽到這裡，瞪大了眼睛，這次是氣到說不出話了。她推開門，整個嬌小的身子往我身上撞。

我哈哈笑著接住了她。

等到她站穩以後，我往後退了一步，保持著距離。

「哈哈哈哈哈哈……」

站在一旁的余生從中途就開始笑，笑到現在還在笑，直到夏橙使出頭錘，她才終於停了下來，站在我們中間，招呼我們進別墅。

余生把手放在我的肩膀上。

「好啦好啦，有什麼事進去再說。」

「……」

「……」

我順從地先走進別墅，夏橙也跟著走了進來。

別墅裡十分寬敞，余生還停留在玄關處。

看這刻意留出來的空間，余生想要我做什麼，已經昭然若揭。

看夏橙的臉蛋似乎還在糾結，本來就想道歉的我，真誠地先說了句：

「吶，夏橙。」

「我不想聽。」

「聽嘛。」

3

「……」

「上次是我說得太過分了。」

「……」

「對不起。真的，對不起。」

無論怎麼樣，若說出來的言語會傷害到夏橙這麼善良而溫柔的人。

那這個世界，對她也太不公平了。

**『還小的時候，剛剛接觸鋼琴，每天都快快樂樂地練著琴的妳，想過在未來的某一天，妳會這麼厭惡鋼琴嗎？』**

『……』

『一定……沒有吧？』

**『你去死吧。』**

「你真心的嗎？」

夏橙微微斜眼盯著我，半咬著嘴唇。

她真的很在意。

天啊，我都開始有點後悔，當時沒有深思熟慮就說出那句話了。

但認真一想，我也覺得說出那句話或許沒有錯。

總要有人逼逼夏橙。

我點點頭，沒有半點猶豫。

「是我說得太快了，但我沒有傷害妳的意思。我說完那句話，隔幾天就想找妳聊聊了……但真的沒有時間。」

「……」

「這一兩個月，我一直在練團跟寫歌，妳也知道。不只是低音符酒吧請我們去駐唱，獨立唱片行的老闆也幫我們辦了一場……」

我並不是在找藉口，只是很多時候，事情一多、事情一放置下來，要是沒有契機，就會真的忘了。

今天就是個契機。

我想，真正一直掛在心上的是余生吧。

因為她是我跟夏橙的共同朋友，跟夏橙更是從小就認識，遠比任何人都熟悉我們兩個。

余生站在玄關的陰影旁，正靠著牆，雙手抱胸聽著。

她無意介入。

3

「好吧。」

夏橙抬起頭，舒暢地呼出一口氣。

這次就算了——她補了這句。

算是結束了。

我的心裡，也感到一陣踏實。

就在這時，余生從玄關走進客廳，輕快地說道：

「我這次會邀請夏橙，有一部分是希望你們不要再吵架了。更主要的是，夏橙是水準很高的歌手，具有音樂鑑賞力，做音樂頻道很久的她，也懂大眾的口味。她對我們提出的建議，很重要。」

「原來如此。」我點點頭。

這時我才留意到，夏橙的鮑伯短髮，線條比以前更加俐落。

可能是在這兩個月，她剛好換了髮型。

「這兩天，等前輩來以後……嗯，我是這想的。」余生一邊說，雙手在身前自然地揮動，加強了她的說服力，「我們就把為時代音樂祭海選準備的《今日之歌》——唱一次給夏橙聽。」

「好主意，我也很好奇夏橙對我們的評價。」

「這時候就知道我的重要性了吧。」

夏橙平靜地哼了一聲。

不置可否。

這對音樂毫無波瀾的情緒，挺值得玩味。

她窩到沙發上，一邊回道：

「啊，對了，上次獨立唱片行那個斯文的老闆跟我說，他超級看好你們能通過海選。啊，原話是他覺得你們不僅能通過，還會在時代音樂祭上爆紅。」

「他這麼說？」

「嗯，所以我也很想親耳聽聽看，你們到底有多成熟了。」

夏橙悠悠地說。

她躺在沙發上，雙手與雙腿盡情伸展，成大字形躺在沙發上。

臉蛋上淨是放鬆、滿意。

我忽然覺得腳有點痠，畢竟從車站一路騎到別墅，又站了一段時間，確實該坐下休息了。

去坐坐外面那個躺椅好了。

我轉身走向玄關，一邊問道：「余生，前輩是晚上到是吧？」

「目前說是這樣。」

「那好，我先去休息休息。」

語畢，我重新推開門，走向視野寬闊、風景秀麗而乾淨、空氣清新的戶外。

## 3

我在面向稻田的躺椅上坐下。

宜蘭平原，盡收眼裡。

那是能一眼望見群山的遼闊風景。

我背靠著木製的椅背、雙手放在扶手上，享受著難得悠哉的午後。

冷風輕拂，但也沒有多麼寒冷。

門再次被打開。

余生走了出來，緊跟著她的是一股優雅的氣息。她穿著偏厚的香芋色長版大衣，羊絨的質感看上去十分保暖。

剛才從火車下來時，她穿的不是這件。

「怎麼了嗎？」我問。

「跟我去山上，我想要去一個地方。」余生淡然地說。

「現在？」

「當然。你以為我們時間很多嗎？一共就兩天一夜，明天可能大家要一起出去玩，所以只有現在有空了。」

「……去哪裡？」

「我的故鄉。」

余生的聲音漸止，她眺望向遠方的群山，雲霧繚繞之地。

我從未想過余生會是宜蘭人。

不過，臺北離宜蘭很近，很多宜蘭人本來就會去臺北生活、工作、讀書，所以也不是很意外。

考慮到夏橙從小認識余生的關係……

余生真正在宜蘭生活的時間，應該是很小很小的童年。

我從躺椅上站了起來。

「走吧，我們也難得來這裡一次，不去看看妳的故鄉就太可惜了。」

「……」

余生沒有回話。

她靜靜地轉過頭，一向偏冷的臉蛋在冷風中更顯寒氣。但隨著她深邃的眼瞳輕眨，點上唇膏的薄唇微微一笑。

所有的冰冷，就此煙消雲散。

她打量著我的衣服，用手輕抓住開領處，攏了攏。

「你穿太少了。」

「山上很冷嗎？」

「哈，我看你從來沒有在冬天上過高山……就連夏天，你登上超過海拔一千公尺的高山都會覺得冷了。你一定要多穿件外套，不然上去真的會冷死你。」

「那等我一下。」

難怪余生特地換了件羊絨大衣。

我轉身走進民宿拿外套，特地望了眼沙發，只見夏橙躺平在沙發上。

她似乎睡著了。

在關上門前，我再三確認門已反鎖。

余生正一個人站在田埂間，雙手插在大衣口袋內，注視著潺潺的流水。

流水聲、風聲、樹枝摩擦的聲音與偶爾的鳥鳴。

這些幾乎是這裡僅剩的聲音。

「來了。」

「嗯，走吧。」

穿上外套的我，跟著余生一起前往最近的接駁車站。

要搭哪一臺車、幾點有車、路線是什麼、要走哪裡、怎麼去那裡，余生一路上都沒有問過路人。

我要做的，只有跟上她的腳步。

余生熟門熟路，看得出來是本地人。

在車站附近，我們坐上了僅有幾個乘客的小型接駁車。

「吶，余生，我們到底要去哪裡？」

「高山鄉。」

「……哦？」

宜蘭的高山鄉，位於海拔一千公尺的高山上，鄉內居民以泰雅族為主。

自然資源豐富，加上地勢高聳、少有人煙，擁有許多遺世獨立的美景。

鳩之澤溫泉。

八重花櫻花林。

煙雨飄渺的高山湖。

聽著余生介紹，從她略顯心急、迫不及待的語調中，我感受到余生難得偏暖的溫度。

果然人人談到老家，多少都會開心呢。

車程偏遠，行駛在山中道路，速度也快不起來。

我凝視著窗外山巒、山崖與遍布樹林的風景。樹木夾道，氣溫越來越冷，車窗上布滿了水滴。

花費了一點時間，我們登上了高山。

## 3

抵達海拔一千公尺以上的高山鄉。

接駁車路過了寫有「明池森林遊樂區」的路標，隨後緩緩停下。

「就是這裡了。」余生輕聲說。

她站了起來，見我沒有一迸而起，伸出手打算拉我一把。

「走啦。」

「喔、喔，好。」

我伸出手準備拉住她的手——余生忽然將纖細的手臂收回，瞇了瞇雙眸，微不屑地說：

「自己走。」

「……」

無語了。

我跟著她走下車。

一下車，第一印象是清新至極的空氣。

因為氣溫驟降，呼吸時也明顯感受到氣溫變更冷了。

霧氣微微。

清雨紛飛。

「就是這裡了——林天青。」

余生轉頭對我笑道。

這裡就是余生最想來的地方。

在森林遊樂區入口，我看了一眼地圖。

這裡的占地比我想像中的大，分別有靜石園、慈園、蕨園、森林童話步道還有明池湖。

不愧是位處於高山地帶，僅僅站在園區內，放眼望去，所有的遠景都是深綠、青綠、墨藍編織而成的無盡樹海。

青鬱色在此，竟然是這般輕鬆平常。

原始的美，得天獨厚。偶爾路過的凋零落羽松，不禁讓人想像若是在秋天時來——該有多美。

我將視線從遠方收回，看見的是同樣回神過來的余生。

她對這裡，似乎充滿眷戀。

「吶，林天青。」

「嗯。」

「很美好吧？」

「是啊，都有點……不真實的感覺了。」

## 3

「我先帶你去一個地方。」

「……好。」

余生穿著氣質神祕的紫芋色長版大衣，低調地襯出她身材的勻稱。個頭偏高，染上霧灰色的頭髮。無論外表或氣質，余生身上的一切都與大眾、平凡相去甚遠，或許她的魅力，就在這裡。

隨著我們一步步往前走，明池景區內無處不在的日式庭園造景，更是讓人站在這裡都覺得心曠神怡。

步調漸緩。

節奏漸慢。

就連時間，似乎都緩緩凝結。

余生帶領著我。

雲霧繚繞的明池映入眼裡。林陰環繞，不遠處全是茂密的森林，那裡都是了無人煙之地。完美融入大自然的日式庭園、池中的枯木、靜謐的氛圍，猶如一幅意境悠遠的水墨畫。

太不可思議了。

遊客甚少，可能跟季節也有關係。

但是，好美。

「……」

我完全是看傻了眼，說不出話。

我們停在高山湖——明池旁的日式涼亭裡，典雅而素靜的造景很適合這裡。

余生的雙手插在優雅別緻的紫芋色大衣口袋，一頭霧灰色的長髮在明池周圍若不仔細看，甚至與背景揉合在了一起，難以分辨。

在這裡，余生壓倒性的存在感與令人屏息的美……都因明池而黯淡。

時值冬日，這裡本就是雲霧繚繞之地。

在氣溫極低的季節中，感覺氣溫會近乎降雪。水氣凝結，霧氣在明池之上，染上一抹特別的白。

神祕而莊嚴，充滿了詩意。

難以想像，竟然有這般風景存在人間。

余生開口了。

她的聲音，猶似在平穩的明池水面，劃出一點波紋。

「吶，林天青。」

「嗯。」

「我有跟你說過我的夢想吧。」

「有啊。」我毫無停頓地說，「妳想讓妳唱的歌，被全世界的人聽到。」

「那你覺得可能嗎？」

「可能。」

「真的嗎？」

「像夏橙那樣開個頻道，每個關於唱歌的影片穩定都有三十幾萬的觀看次數，持之以恆地做，就算不是全世界——也能讓很多人聽到妳唱的歌。」

「……」

「而且，我覺得往日餘生——單獨說妳好了，妳的嗓音、演出、外表，跟夏橙比起來都完全不輸吧。」

「所以你覺得，我們真的做得到。」余生輕聲地複述一次。

小小聲地。

在雲霧中靜謐無比的明池湖畔，格外清晰。

余生低頭看了眼腳尖，再次望向湖面清澈得能看見湖底的明池。

這裡的一石一木，都已經存在了百年之久。

雲霧漸濃，余生與我，隱身於孤獨感極重的涼亭中。

好似遺世獨立之地。

「那我有說過，為什麼我想讓全世界聽到我唱歌嗎？」

「沒有。」

「是嗎？」余生加重了語氣，「我想讓這個地方、我們腳下站著的這塊土地，永遠被人記住。」

「……」

「即使在將來的某一天，這裡不再有人居住，年輕人統統外移、老年人逐漸不在了，再無人煙，這塊土地，也能被人記得。」

「……」

我從未想過，原來是這個理由。

透過歌唱，讓家鄉以其他方式留在人們的記憶裡。

「林天青，你一直都住在臺北，可能很難想像，但其實臺灣的很多部落、鄉鎮，上一個出生的小孩可能都是十幾年前了，有些甚至是曾經很有名氣的地方。」

「像是？」

「像是臺北平溪、臺南左鎮。我們這樣的年輕人早就離開家鄉了，而守在老家的老年人只會越來越少……」

余生的話音漸弱，似乎是感傷了起來。

3

但她還是堅定地繼續說：

「少子化都算好聽了，很多地方早就是無子化了。」

「……」

「你能想像嗎？」

余生深邃的眼瞳，直勾勾地盯著我看。

我屏住氣息。

原來在這如詩如畫的名勝美景之中，只要余生想，她的眼睛依然可以開創一片天地。

余生開始勾勒心中的回憶。

在鄉里最熱鬧、本應是黃金位置的地方，十間店鋪中卻關了九間。

整個鄉鎮裡，沒有任何一間便利商店。

難得回一趟老家，還得在鄉鎮外先把日常用品、食物買好……

沒有醫院、沒有警察局，鎮上全是七旬老人。

一般來說，走進一個城鎮最好的方式，就是親自走過城裡最熱鬧的地方。

人文與土壤。

像是走進當地的傳統菜市場。

余生苦笑。

菜市場裡也只有一家肉店、一家賣菜。至於魚，一週只有一次。那天沒有買到，就一整週都沒有魚吃。

沒有所謂的美食街，也沒有所謂的鬧區，咖啡豆也得下山去買。

躺在道路上，半小時都未必會有一臺車路過。

鎮上絕大多數的房子都處於長期招租的狀態，沒有外人願意住在這裡。偶爾會有旅人，但他們去的地方也只有觀光景點。

他們也沒有理由，為這座逐漸沒落的城鎮輸送養分。

鎮上沒有年輕人。

一個學生都沒有。

像我們這樣的鄉村，消失是遲早的事……這就是，我想讓我的歌被全世界聽到的原因。

**——就算這裡本應被世界遺忘，我也要讓大家記得，我曾經存在這裡。**

**——曾經，這裡有這座高山鄉。**

「那我懂妳意思了。」

3

我深感震撼，全身上下都泛起雞皮疙瘩。

余生說的話已然直擊人心，更何況我們正身在這裡。

站在這如夢似幻，遺世獨立的明池湖畔。

這裡的所有風景，在無意間已然跟我產生了連結。

不再是，消失了也毫無輕重的地方。

「……」

確確實實地，存在著。

確確實實地，存在了。

即使經歷過時光長河的流淌，刻上了歲月的痕跡，就算未來的某一天，高山鄉消失了，再也沒有居民住在這裡。

明池湖畔，依然存在於人心。

余生靜靜地說：「這就是我唱歌的理由。」

「……嗯。」

確實，要像余生這樣拚上性命，竭盡全力地唱歌、前進，並不是一般人會做的事。

與其當一個創作者、當一個創作歌手，當一個聽眾顯然更悠哉，更快樂。

我也曾經想過她背後真正的動機是什麼，值得余生拚上一切，抱著並不怎麼健康的身體，熬過每個日夜，但我從未想過，竟是這般深沉、深入人心的理由。

心弦，都被觸動了。

我不禁再次深感佩服。

天啊，相對於我再次拿起吉他的理由……余生的夢想，真的撼動了我。

從日式涼亭往外望去。

寂寥的冬天，正下起微雨，水氣充沛，雲霧飄渺。

一絲絲的雨，為明池染上一層雨的顏色，如夢似幻。

這裡是她的回憶，逐漸無子化，被世界與世代所遺忘的家鄉。

我不由得往上看了看涼亭的天花板，再看向猶如被雨霧染上一層白霜的明池。

點點冰藍，冬雨紛飛。

明池湖面，倒映白霜。

我忍不住說：「這麼美好的地方，應該被記得。」

「是吧。」

「是，所以我也會全力以赴的。」

每個人都有座家鄉。

被看見，被記得。

## 3

無意間，有個冰冷而柔軟的東西有意無意地觸碰了我的手。我低頭一看，是余生的手看似不小心掠過了我的手。

這裡的氣溫，應該已經低於五度了。

她的手很冰，現在余生一定覺得很冷。

絲毫沒有猶豫，我牽起了她的手。

余生微微一愣，細微到幾乎看不見地輕笑，就這樣讓我牽著。

我想，我永遠不會忘記這天。

# chapter 4

## In the Rain

4

回去的路上，余生默默地睡著了。從極其寒冷的環境回到相對溫暖的車內，一放鬆下來，確實很容易會睡著。

余生一開始沒有靠在我的肩膀上。

隨著路程前進，她的頭時不時會靠向我的肩膀，稍稍清醒後，又堅持地把頭靠回椅背。反反覆覆，大概發生了三次，每一次她都倔強地把頭轉向椅背。

很余生。

最後一次，我稍稍挪動我的肩膀，讓她能更舒服地靠著，也不會因車子晃動而被驚醒。一路睡回民宿。

當我們回到民宿時，已是夜晚，正好是晚餐的時候。

在我們把自行車停好前，就看見了民宿內燈火通明。前院停著一輛車，看來前輩也到了。前院十分寬敞，停著一臺車之後還是有非常寬廣的空間。

「我們回來了。」

我跟余生走進別墅，發現夏橙與前輩正在廚房忙前忙後。隨後一看，木炭與烤肉架堆在門口。

我微微一愣。

「余生，我們是要烤肉？」

「對，我沒跟你說嗎？訂這間別墅時，我應該有說吧？附帶的晚餐是烤肉套餐，器材什麼的民宿老闆都準備了。」

「喔喔喔！」

也好。能在別墅外烤肉，看著夜幕降臨、月光映照的宜蘭平原，感受著晚風吹拂，光想就是很特別的享受了。

余生望了一眼烤肉架，一邊從肩膀開始褪下那件紫芋色的長版大衣。

「你看要不要先幫忙搬，我去換件外套……」

「好，我先搬吧。」

……我也太後知後覺了。

這件紫芋色、羊絨質感的長版大衣，是我第一次看見余生穿，是余生為了去一趟高山鄉特別準備的，不然余生不會帶來這裡。

余生一個人走向二樓，我彎下腰開始準備搬烤肉架。

烤肉架不重，一下就搬到外面了。

前輩跟夏橙還在忙，我順手把木炭也搬到外面。正想回到屋內，往後一轉，卻發現去路被另外一道身影占據。

夏橙正站在門口。

# 4

她雙手抱胸，瞇起眼睛。

「呀，林天青，你們終於回來了啊。」

「嗯，剛剛回來的。」

「是嗎？玩得累不累呢？」夏橙話鋒一轉，「你們兩個，趁我睡著，一整個下午跑去哪裡了！」

「……」

「可惡，居然把我一個人丟在這裡……」

「我是看妳睡著了，沒有叫醒妳。」

說是如此，但在那樣的情況下，余生只邀請了我而已。

她會希望夏橙也跟上嗎？

我會希望夏橙也跟上嗎？

我搔了搔頭，答案似乎十分明顯，但無論怎麼樣，也不能對夏橙說。

不知道該怎麼回應的我，只好試著轉移話題：

「你們準備好食材了嗎？」

「快好了。不對，不要給我轉移話題。林天青，你當我三歲小孩嗎？」

「……夏橙啊，不要在這邊糾結了，我只是想說妳睡著了才沒有叫妳，而且余生很趕時間啊，下次一定叫妳啦。」

「……真的嗎？」

「真的啦。」

不管怎樣都要回答真的啦。

夏橙嘆了口氣，個性鮮明直爽的她逕自蹲坐在地上。

她望著架好的烤肉架，一時沒有說話。我沒有直視她，只是凝視著她的背影。

暖橙色的短髮，在月光之下依然顯眼。在冷風之中，似乎是唯一的溫暖。

不怎麼怕冷的她，穿著酒紅色高領毛衣與合身的棉製長褲。

「吶，夏橙。」

「……」

「妳不冷嗎？」

「還好。」

「那我開始準備燒木炭好了，先把木炭燒起來。」

「可以啊。」

聽到夏橙回話以後，我回屋內拿了打火機，從木炭堆裡翻出火種。

確定好烤肉架的位置後，我開始像堆疊積木般把木炭堆起來，並在適當的位置放入火種。

# 4

為了確保前輩已經準備好了食材，我還特地進了廚房一趟。

「前輩，我先點火了喔？」

「啊，林天青？」

「嗯，我剛剛跟余生回來了。烤肉架我已經裝好了，就差點火了。」

「沒問題，我這裡都好了。」

前輩指了指放在廚房料理臺上，一整排的肉片與牛排、生蔬與海魚。看那海魚的新鮮度，可能是下午剛剛進港的漁貨。

寫有宜蘭三星蔥的蔥。

長相奇特的段木香菇。

這一頓，似乎都是來自宜蘭。

「林天青，你先去點火吧，我等等把這些食物拿出去。」

「好喔。」

「啊，等等，你有看到那個橙色頭髮、看起來很嬌小，有點可愛的女生嗎？」

「……」

我想了想。

喔！是在說夏橙。

「有看見啊，她在外面呢。」

「她是你跟余生很好的朋友嗎？我怎麼聽余生說，我們晚上要排演一遍給她看看？」

「這個……」

夏橙是知名的音樂YouTuber。

夏天裡的貓，在YouTube上以原創音樂，擁有超過三十萬訂閱，可以說是非常有名的網路歌手。但夏橙一直是匿名，從來沒有露過真面目，只會露出背影、頭髮與頭部以下的部位，保持神祕，卻也十分吸引人。

夏橙很懂音樂，也很懂大眾心理。

我也不能說出夏橙的身分，只有她自己能說。

我端起肉盤，一邊回頭說道：

「她是我跟余生很好的朋友，叫做夏橙，也是從小跟我一起學音樂的人，我們的老師是同一個人。」

師承我的爺爺，一代鋼琴名師——葉流雲。

「啊？跟你一起學音樂的？那她是來仔細評鑑我們的音樂的吧？原來是這樣。」

「是的。」

我帶著肉盤走到戶外，看見正在試著用打火機點起火種的夏橙。

她充滿好奇地嘗試，試了幾次，火種都沒有正確地燃起。

我忍不住笑了，也蹲坐在她身邊。

「妳連點火都不會了？」

「你會？你來。」

「這有什麼難的。」

我伸手握向夏橙的手，將她拿著打火機的手移動到火種旁，按下了打火機。

明火一閃。

火種燃起，開始燃燒木炭。

夏橙張大眼睛，先是愣然地望著她的手，再小小聲地歡呼起來。

「成功啦！」

「很容易吧。」一邊笑著，我一邊收回我的手。

我剛剛，居然伸出手了。

……下意識的行為，源自於從小我們一起學琴。

每當我覺得夏橙彈得不對，吵了沒結果，就會乾脆伸手抓住她的手，試著手拉著手帶著她彈。夏橙亦然，當她覺得我彈得不對，她也會拉著手帶著我彈。

這是只有我們兩個人才知道的事。

但上一次，已是多久以前呢？

我微微歪了歪頭，思緒在一瞬間飄向了從前。

現在的我們，早已不會無故伸出手握住對方的手……

不知道夏橙是不是意識到了同一件事，她也沉默了。

小尷尬在我們兩人之間蔓延。

最後，夏橙先站了起來，她用稍顯過長的袖口揉了揉臉頰。

「林天青，你顧著火啊，我進去拿肉。」

「好。」

「啊啊啊，還有一件事。」

「什麼事？」

「明天早上跟我一起去市區買奶凍好嗎？我媽媽知道我要來宜蘭玩，特意交代我要買點奶凍回去。」

「好啊，沒問題。」我隨口答應了。

這點小事沒理由拒絕。

夏橙欣然點點頭，隨後腳步輕快地走回別墅。

望著她活躍的背影，我也稍稍抿嘴笑了。

## 4

那天夜裡。

我們四個人圍在烤爐旁，有說有笑，快快樂樂地烤著肉。

橘紅色的木炭，正好也帶來了冬夜裡的溫暖。

漫漫長夜。

片好的牛肉片、豬肉片、羊肉片擺在盒內，整齊地放在戶外小桌上。

新鮮的海魚，放入一點蔥蒜，用錫箔紙包起。

宜蘭特色的段木香菇，用細竹籤仔細串起，搭配培根片。

時令蔬果，是產自宜蘭的茭白筍，那是用溫泉水灌溉的溫泉茭白筍。

在全臺頗負盛名的三星蔥，拿來做為所有肉類的佐料。

看上去正黃色的蘭陽金柑，聽說那是世界上少數可以帶皮吃的柑橘類水果。夏橙將金柑切片，做成了沙拉。

我們聊起音樂，聊起夢想，聊起熟悉的人。

我、余生、夏橙的飲料是可樂與手搖飲，唯有前輩喝著從超商買來的啤酒。

蜂蜜啤酒，金色三麥。

聽他說，在冬天裡偏冷的氣溫喝冰啤酒更舒爽。

「余生，妳不能喝。」

「我沒有要喝啊。」

「我看妳已經盯著前輩放酒的袋子很久了喔。」

「我哪有，你看錯了吧。」

「那妳剛剛手在幹嘛？妳是不是將手伸向了袋子呢？」

「……我是在看有沒有其他飲料。」

余生的辯解非常蒼白無力。

余生是不可能認為自己有錯的。她惡狠狠地瞪了我一眼，哼了一聲，裹了裹身上的外套，挪向爐火。

前輩聽著我們的對話，忍不住笑了。

對他而言，似乎很有趣。

也是，已經成年的他是不可能聽到這種對話的。

前輩又喝了一口，問道：「你們現在都是十七歲啊？」

「是啊。」

「我是不反對余生妳喝一點啦，畢竟酒也是靈感來源之一。但是林天青堅持不讓妳喝，所以只好不讓妳喝了。」

「咳，前輩，你就這樣轉移仇恨嗎？」

## 4

「看吧看吧！」余生叫道。

這下她完全不演了，試圖趁機接近前輩身旁的塑膠袋，但前輩說歸說，還是把袋子往後挪了挪。

我也從背後拉了一下余生，把余生拉回原位。

夏橙從屋裡跑出來。

「登愣，我錯過了啥！你們在幹嘛！」

「沒幹嘛，只是有人想未成年飲酒……」

「嘖，酒有什麼好喝的。」夏橙一臉無趣，她在余生另一邊坐下，又補了句：「而且妳等一下不是要唱歌嗎？」

「是啦……好吧，不喝了。」

余生聽到這裡，稍顯認真。她直起上半身，挺起胸膛。

「這個烤好了。」

前輩遞上剛烤好，表面微微燒焦的溫泉茭白筍。食材本身的風味就很好，只要稍微烤一下就很好吃了。

一個人一根，余生開始啃著。

「夏橙呀，妳上次聽我們演唱的時候，前輩還不在對吧？」

「對啊，那時候是妳唱、林天青彈吉他，還沒有鼓手。」

「等一下妳一定會很吃驚的。」余生氣定神閒，很有自信地說。

「呵，能讓我感動得直拍手的歌，上一首我都忘記是多久以前了。」夏橙笑道：「要是真的那麼好聽，我也希望能聽到。」

「嗯，等一下妳就能聽到了。」

「……」

我一直吃著烤肉，一邊聽著她們聊天。

前輩也是一邊烤一邊聽。

每當夏橙說話，他似乎聽得特別認真。

圍著烤爐，我們在冬夜也不至於感到寒冷，不時傳來炭火爆裂的細微聲響。

遠方，蟲鳴與青蛙的叫聲此起彼落。

不清楚是來自群山邊境還是海洋的冷風，在經歷一整個平原的路程，到我們身邊時化為溫柔的輕撫。

放眼望去，燈火罕至。

沒有幾戶人家，沒有幾戶燈光。有的只有月光，與倒映在池塘上的月白。

綿延至遠方群山的平原，帶來了遼闊無垠的視野，也帶來心靈上的平靜、舒坦。

# 4

群星在天空閃耀。了無光害之地，我們甚至能辨識星座，一整道銀河，在我們眼前展開。

好美。

這裡的居民，真的令人稱羨。

食材一一烤完，晚餐也快結束了。

余生喝起溫水，為等一下的演唱準備。

我是吉他手，在手已經充分暖身過的狀況下，可以直接上場。

前輩拿出手機播起歌，前面幾首都是我們聽過的獨立音樂。

隨後，某道熟悉的聲音響起。

前輩用的是YouTube。

某人自彈鋼琴，配合著輕哼歌曲的歌唱聲響起。如同夏日午後愜意而暖心，讓人在不知不覺間放鬆。如春風般怡人，閃耀著青春的光彩。

活躍的音符、輕快的唱腔、悅耳的聲音與齒音。

辨識度也很高，一點也不輸余生。

「……」

「……」

這一聽，我跟余生頓時有了精神，快速地對視了一眼，都懂了。

啊哈哈哈，看來太紅也不是好事啊。

「有點耳熟……好像在哪裡聽過……」

前輩微微蹙眉，低頭思考。

她的聲音，明亮而清透，融於群體卻能在群體間大放光彩，吸引絕大多數的視線，卻又不出格。

橙色，最適合形容她了。

她所彈奏的音樂，也完全呈現出她的個性。能帶給人歡笑、帶給人快樂，像是為整個環境灑上糖霜、染上暖色系的色調，讓人宛若置身童話。

那是某橙的嗓音。

我看向夏橙，她對我做了個鬼臉。

我看向余生，她事不關己地聳肩。

幾秒後，前輩終於想起在哪裡聽過那道聲音了。

他舉起手機，在喊出來前，他動作稍大地核對「夏天裡的貓」頻道裡的剪影，與貨真價實的夏橙本人。

暖橙色的頭髮。

4

夏天裡的貓，帶了個夏字。

前輩不敢置信地叫道：「夏橙，妳就是……妳就是夏天裡的貓？」

「嗯，是我。」

夏橙爽快地承認了。

都是自己人，她也不需要隱瞞。

「靠，真是的，這有什麼好隱瞞的。」

「……」

「還有，林天青、余生，你們兩個人本來就知道了吧？還在這邊跟我裝死。」前輩用手抹抹臉，非常詫異。

他根本沒有想到夏橙的身分。

「我沒有說謊喔。」

我老實地說，只是沒有理由先說而已。

「你是沒有說謊。好吧，唉，夏橙，我聽妳的歌聽了好久……而且妳本人長得很可愛呀，幹嘛不露臉？」

前輩一臉不解。

「一開始我也不知道會有這麼多人喜歡聽我唱歌。」

「現在妳是臺灣最有名的網路歌手之一耶。」

「可能吧。」夏橙無奈說道：「但是，一開始我只是想說做做看，把自己唱歌、練習彈琴的影片丟上去，紅是之後的事情。」

「所以……」

「一開始沒有露臉，後來我也想不到露臉的理由。而且，大家想看到的是一個快快樂樂享受音樂的女孩子，最好，還有點漂亮。」

「……」

「如果我露臉了，就不好了。」

夏橙沒有明說的後半段是——如果露臉了，露出一個彈奏音樂時再也沒有歡笑、失去玫瑰色青春的女孩，那觀眾肯定會大失所望。

但那是現在的夏橙。

真正的夏橙。

「會嗎……」

「會。」

「嗯……」前輩一臉狐疑，但看著夏橙一副不想多談的臉蛋，他也不再發問，只點點頭，「好吧，這畢竟都是妳的決定，我也會保密。」

## 4

「那就謝謝你啦～」

夏橙燦笑。

有一瞬間，我無法分清那是真正發自內心的笑容，還是禮貌性的微笑。

我忽然感覺，夏橙又長大了。

前輩起身。

「也難怪余生跟林天青會邀請妳來，我也想讓妳聽聽看我們的表演。你們聊，我先去準備鼓，都放在車上，需要稍微安裝一下。」

「喔喔，好。」

「等我半小時。」

前輩離去後，緊裹在外套內的余生也站起來，說了句有點冷，需要去泡泡熱水澡後，余生也走進別墅。

剩下我與凝視夜與星的夏橙。

不同於眼瞳能融入整條銀河般深邃的余生，夏橙的雙眸，永遠是清澈得能見底。乾淨而純真。

她就是那樣，毫無城府與心機的人。

傾聽著蟲鳴，我們都沒有說話，只是靜靜地坐在一起，靠著火堆取暖。

半小時後，前輩喊了一聲，讓我們進去。

看來他已經裝好鼓了。

不知道前輩帶了幾種鼓來？

我走進去。

剛泡完熱水澡的余生正坐在沙發上，翹著長腿休息著。

似乎是為了保暖，除了身穿居家風的休閒服，余生另外披了一件灰色的日式大判，像是斗蓬一樣，罩住了余生的身子。

她的臉蛋因高溫而顯得櫻紅，血管在白皙光滑的肌膚上清晰可見。

我坐到她旁邊，問道：「好了嗎？」

「當然。」

「身體還……好嗎？」

「……」余生聞言，雙眼直勾勾地看了我一眼。

她的嘴唇蠕動著，最後卻選擇沉默。

前輩沒有把鼓全部帶來，只帶來了小鼓、低音鼓、高音鼓、開合鈸、響鈸，不像平常那麼齊全。

他把鼓安裝在客廳，早已坐在鼓後。

4

「快點啊，林天青。」

「嗯，馬上。」

我也迫不及待想讓夏橙聽看看。

夏橙的反應，很有參考價值。

我上樓拿出吉他，熟練地揹上。重新回到一樓時，看見夏橙正好整以暇地坐在沙發上，余生也拿起麥克風，站到了客廳中央。

準備好了。

我們簡單地試起音。

夏橙好奇地問道：「哇，你們這首歌是原創的歌啊？」

「是。」

「哦？那讓我更期待了。」

她雙手托住下顎，面露燦笑。

夏橙就算不喜歡演奏音樂了，還是很喜歡聽音樂。

余生斜眼瞄了我一眼。

那道偏冷、若即若離的眼神，仿若對我下達的暗示，猶似制約。

早就在不知不覺間，嵌入我的心中。

——我彈出了第一個音。

當吉他聲作為前奏響起，余生那獨特而充滿磁性的聲音悠然響起。

《今日之歌》。

這是余生作曲、編唱、作詞的歌。

通篇述說著今日的美好，與對昨日的懷念，對未來的期盼。

唯有身在現在，只有身在當下，才能同時注視著昨日與明日。

余生提筆，用嗓音唱出了她的生活。

用歌詞，描繪了一趟旅程。

往日餘生主唱追夢的故事。

儘管余生的身子虛弱，無論春夏秋冬，手永遠冰冷。出門必備長版大衣，少一件都不行。

她的臉蛋永遠過於蒼白，雖然很美。

有時候她會唱起高音，在舞臺上竭盡全力表演，甚至會支撐不住身子，但她依然倔強地往前走。

走得慢也要走。

想讓全世界聽到自己唱歌。

## 4

即使自己的家鄉被世人遺忘，她也要透過歌唱，讓全世界記得，這塊土地上曾有座高山鄉。那裡出了一名歌手，叫做余生。

「……」

我早已聽得出神，默然回顧，才恍然醒轉。

音樂流轉。

光影投射而來。

在無數光輝粒子的襯托之下，正在高歌的余生，霧灰色的劉海沾上了一點臉蛋上的汗滴。

今天，或許是因為去了趟明池的關係，余生的歌唱更有感情。她的聲線，本就特別抓耳，在注入感情去唱後……令人心神嚮往。

我的吉他只需要跟她走，襯托著她的嗓音，讓她能任性演唱。

不管她怎麼唱，我手上的吉他永遠都在。

前輩的鼓聽在我耳裡，一直是整個樂團的支架、守護，非常穩定，帶給我們很強的安定感。

漸漸曲終，我彈著吉他的手也漸漸放緩。

余生閉起雙眼，雙手緊抓麥克風，抓在胸口，輕聲地呢喃著感傷。

簡直泫然欲泣。

過於豐沛的情感，幾乎沖毀了人們心裡的堤防。

今日之歌，終於結束。

餘韻，怦然。

「……」夏橙第一時間沒有說話，只是微微張大了嘴巴。

合不攏嘴。她抓住沙發上的抱枕，胸口明顯起伏著，最後深深吸了口氣，大力拍起手。

從不隱瞞真實的情緒，坦率到令人稱羨的地步，這就是夏橙。

她佩服地說：「厲害，太厲害了。原來，唱片行老闆不是在開玩笑的。」

「是吧。」我驕傲地說。

「這下知道了吧。」余生略顯得意。

「你們在一起練習不到半年，居然默契已經好到這樣……到底花了多少時間練習啊？」

「所有的空閒時間。」余生淡然地說。

那絕非戲言。

「……你們這麼努力，真的值得。還有，你們幾個的底子本來就很好。現在我覺得，你們真的能通過時代音樂祭的初選。加油！」

夏橙給予了極高的評價，加強了我們的信心。

我與余生對視一笑，頓感輕鬆。

能通過夏橙的評鑑，那代表往日餘生的演出真的很有水準。

不能漏掉鼓手——余生走到鼓旁，跟前輩擊了掌。

看來過去幾個月的時間沒有浪費。

「但我還是可以小小建議一下啦……或許有幫助喔！」求好心切的夏橙，在我們慶祝完後細心地開始講起建議。

那一晚，我們都認真聽著夏橙的建議，並試著練習。

♪

隔天一早。

昨天跟夏橙約定好了，在睡醒後，我們一起去了一趟宜蘭鎮上。

除了要買奶凍以外，也順便幫大家買個早午餐。

我們走在無時無刻都能看見遠方群山的鎮上。

實際走在街道上，能輕易感受到這裡的生活節奏偏緩，民風純樸。以街道上的風景來說，普遍建築都不高，設計顏色也走質樸的路線。

大量的木頭原色與紅磚色，走起來十分愜意。

微風輕拂，田野就在左手邊，捎來陣陣涼爽。

右手邊則是枝芽茂盛的大樹，一整條路上都是。

「所以說，你們的下一步是什麼？」

「什麼下一步？」

「登上時代音樂祭的主舞臺後，你們想做什麼——這就是你們的下一步。」

「會不會太遠了？」

「會嗎？」

一路走著，我與充滿元氣的夏橙一邊閒聊。

她穿著寬鬆、慵懶的灰色長褲，在純色的內搭衣外搭配淺米色麻花針織衫。微微過長的袖襬，讓夏橙看上去更顯青春可愛。

我們悠閒地走了一陣子，最終來到目的地。走進土產店，買了幾盒奶凍，正好也適合當作早餐，於是我們挑了不同的幾種口味。

「抹茶的？」

「可以啊，提拉米蘇、紅豆的也拿一個。」

「好。」

「這裡有賣咖啡吧？順便帶兩杯。」櫃臺那裡放著一臺義式咖啡機，我與夏橙也點了杯咖啡。

## 4

回程時，我們刻意換了一條路走。

像這樣的旅行，下一次也不知道是什麼時候了。也可能一輩子，我們就只來一次而已。

不同的路，不同的風景，這條路更接近一望綿延的稻田與花田。

走了沒多久，我們路過一道偌大的河堤。

時值上午，徐陽照耀，河渠閃耀著點點光芒。

像是這樣汙染較少，遠離城市，四周都是田野的土地上，流經此地的河流，想必水質一定十分清澈，都可以看見河底的石頭。

「吶，林天青。」

「喔吼。」

「我想去那裡坐坐。」

「……這不好吧？余生跟前輩會不會在等我們呀？」

「你就那麼在意他們嗎？」夏橙沒好氣地說。

也不等我回應，她輕輕地哼了一聲，徑直往河堤走去。

我跟上夏橙的腳步。

最後，我們在河堤旁的小草地斜坡上坐下。

天然的小草地坐起來很柔軟，我試著往後一躺，讓整個人自由地躺在草地上。

青草的芬芳。

流動的空氣。

流水的聲音。

加上，同樣躺在草地上的夏橙。

她的頭很靠近我的，我們一起仰望藍天白雲。這般無憂無慮的日子，似乎回到了從前。

很久很久以前了。

「夏橙，還小的時候，我們好像也常常這樣一起躺在公園裡？」

「對啊，你還記得。」

「我當然記得了。」我默默笑了，「我還記得，我們一起練完琴後，爺爺常常帶我們兩個一起去公園玩呢。」

「……那真的是好久以前了。」

夏橙的聲音聽得出來飽含追憶。

那座公園我還記得有道半截的紅磚牆。我與夏橙最常一起躺在那裡，看著白雲緩緩移動的藍天。

## 4

夏橙不再說話。暫時也沒什麼想說的我跟著閉上眼睛，讓心神休息。

就這樣，時間緩緩流去。

回到民宿以後，這趟旅途，也往結束倒數計時了。

將在下午回程。

我們回到民宿以後，余生與前輩吃著奶凍，一個人煮起咖啡，一個人泡起高山茶。

在我們進來前，他們在聊昨天晚上的鼓與Lay Back的配合。

我走向樓梯，打算回房間小睡一會。

「幾點走啊？」

「十二點以前。」

「喔喔。」

「我開車載你們回去，大家都順路。」前輩笑道，隨後臉色一變，「啊，明天就是星期一了……痛苦。」

是的，又一週過去了。

我一個人走向二樓，在轉角處本應左轉，但無意間往右邊一瞥，卻看見一縷光芒透到走廊上，門簾也隨著微風輕輕飄動。

咦？那間是什麼房間？

心生好奇，我走了過去。

房間映入眼簾。

微微敞開的窗簾正隨著微風飄動。在早晨的暖陽照耀下，點點灰塵粒子閃耀。

空氣乾燥。

房間裡傳來一股堆置已久的書本混合著木櫃發出的氣息。

最裡面，有一架鋼琴。

這裡以前大概是民宿老闆的老家，可能是他懶得搬走，就乾脆放置在這裡的吧。

「……」

我走了進去。

鋼琴上有許多灰塵，我半捂著鼻子打開琴蓋。指尖滑過黑白琴鍵，感受琴鍵所帶來的觸感。

好久沒彈琴了，來彈下吧。我拉開椅子，坐了下來。

——D大調卡農。

音律和諧、古典優雅、慢板的節奏，能讓聽的人感到愉快，不自覺地沉入鋼琴聲中，是最有名的鋼琴曲之一。

## 4

也是跨越了三百年時間審美的名曲。

在彈奏的過程中，我微微閉起眼睛，讓自己感受著音樂的流動。

行雲流水的音符，帶來的是心靈上的安逸。

不知不覺間，我彈完了一首卡農。雙手離開琴鍵後，我才發現夏橙正站在門邊。

發現我在看她後，她往我走來。

她依然身穿那件淺米色的麻花針織衫，一頭暖橙色的短髮在她耳邊晃動。

「這裡居然有一架鋼琴。」

「怎麼樣，好聽嗎？」我笑著問道。

「你彈得好不好聽，不是很明顯嗎？這麼想要我讚美你？」

「好不好聽啦。」

「好聽～行了吧。」

夏橙白了一眼，凝視著鋼琴琴鍵。

她的眼神微微晃動，嘴唇蠕動著但沒有說話，最後只是稍稍咬著唇。

一度，她伸出手探向鋼琴。

我往右邊挪動位置，空出了椅子左邊的空間。

「坐下吧。」

「……」

夏橙沒有拒絕，乖乖地坐下。

坐在我身邊的她，感覺更嬌小了。

她伸手碰向琴鍵。這或許，是自從她宣告暫離音樂圈後，第一次真正摸到鋼琴。

我彈下琴鍵，鋼琴聲再次流轉。

這樣的鋼琴音浪，肯定穿越了樓層，沒有多久，前輩與余生也來了。

「……」

余生雙手抱胸，背靠在門邊，霧灰色劉海下的雙眼正眼看了我們一眼。她輕輕抿唇，沒有說話。

前輩則是第一次聽到我彈琴，他發出「喔喔喔」的聲音一邊點頭。

「難怪感覺你的音樂底子非常扎實，你練了多久的古典鋼琴啊？」

「十年。」

「難怪這麼穩。」

前輩頗為好奇地聽著，不時看看夏橙，但夏橙始終沒有彈琴。

夏橙只是默默地望著琴鍵。

前奏、中段、後段。

大家都在等著。

有好幾處，我放緩了節拍，準備接下她四手連彈。但即使我敞開雙臂，她也沒有加入和聲。我的內心湧出一股觸動。

因為很久很久以前，個子跟我一樣嬌小的夏橙。

小夏橙，也是坐在我身邊，我們快樂地一起四手連彈。當時的我們，心裡沒有任何煩惱。

長大後，物是人非。

夏橙的手始終沒有彈出任何一個琴音。接近結束時，余生走過來，她身上那抹清冷得彷彿清晨露珠的氣息，震懾住我。

一抹灰，靠近了一團橙。

「妳幹嘛？」

「沒幹嘛。夏橙，妳還想彈琴嗎？」

「我……不知道。」

「那這麼說好了，妳還想跟他彈琴嗎？」

「關妳什麼事？」

夏橙一迸而起，瞪著余生。

儘管個頭比較嬌小，但她在人群中總是最耀眼的那個，能輕易地跟所有人打成一片。夏橙的空間表演能力，非常強悍，她在氣勢上一點也沒有輸。

余生冷哼一聲。

「妳還想彈琴嗎？」

「這個跟妳沒有關係。等妳走到我身處的地方，再來問我。」

「不想彈的話，就讓開。難道，要一直等妳嗎？」

「……」

「這是最後通告了。我不會再等妳——夏橙。」余生筆直地說：「妳有大把大把的時間，我沒有。我也等妳很久了，但妳沒有繼續往前一步。」

「那是因為，我不像妳一樣那麼清楚自己內心想要的東西……」

「少在那邊找藉口了。」

「不是所有人都是妳，那麼果決，好嗎？」

「是啊，妳也知道我果決，那妳也知道我等妳很久了吧？這都是因為我們是朋友啊，夏橙。」

夏橙默然，最後一根放在琴鍵上的手指也垂下了。

她望了我一眼，似乎在祈求著什麼，又像在拒絕著什麼。

「……」到底在說什麼？

我沒有插話。

說實話，我也聽不太懂她們的對話，好像有什麼弦外之音，但是這只有她們兩個人聽得懂吧？

相較於熟識彼此的我們，前輩更是局外人，他略顯尷尬地退到書櫃旁。

良久後，夏橙先是嘆口氣，露出苦笑。

「妳不用顧慮我了，余生。」

「是嗎？」

「對。比起我這邊這麼多顧慮、這麼多懷疑，我也不懂是什麼在阻擾我。妳的慾望與目標比我清晰太多了，所以妳先走吧。」

「沒問題。」

余生輕笑，轉身準備離開琴房。

——轟！

夏橙重重地按下一個琴鍵，發出的聲響令所有人注目。

余生的背影停下。

「我得先說——等到我準備好，我一定會再加入的喔，先提醒妳。」夏橙的語氣帶有明顯的不服輸。

「呵，等妳。」余生颯爽無比地回道。

隨後前輩也離開了琴房，只剩下我與夏橙留在那裡。

尷尬，有些無語。

我想說些什麼緩解氣氛，但實在很難想，於是我走到鋼琴旁，把琴蓋蓋好。

「夏橙，不想就先休息，沒關係的。」

「……」

「妳也彈了好久好久了，暫別，是為了重新尋找更好的風景。我能理解妳想休息更久的想法啊。」

「嗯……謝謝你，林天青。」

夏橙深深吸口氣，眼眶不知道為什麼，一瞬間紅了，好像飽含著委屈，令人心疼。

她漂亮的鵝蛋臉正因即將落淚，短短地抽泣並扭曲著。窄小的肩線一陣陣顫抖，她用手遮掩，並揮手叫我走開。

「讓我一個人……拜託……」

我不太放心，但想了想仍離開房間，留下夏橙一個人在那裡。

# chapter 5

## In the Rain

## 5

——直到今日，我仍然不知道她們那天在吵什麼。但她們再也沒提過那天所發生的事，這件事也就過去了。

很快地，寒假到了，海選也到了。

但我們一點忐忑不安都沒有。

該練習就練習，該放鬆就放鬆，一直到了海選當日。

余生、我還有前輩，心裡的目標一致，每一個人都很累，但每一個人都很拚。

這就是同伴的感覺。

以結果來說，宜蘭這趟旅行，非常值得。

夏橙的建議穩住了我們的信心，讓我們可以在毫無壓力的狀況下，把百分百的實力發揮出來。

我們都知道，只要穩定發揮，我們必定能通過。

在海選的前一天，我們齊聚在獨立唱片行喝咖啡。聽著唱片行老闆有一搭沒一搭地跟我們聊著，舒緩一下緊繃的情緒。

「明天，加油！」

「嗯。」

那個老闆一直很看好我們，並且給予了很大的支持。

我們在時代音樂季的海選——並未對大眾開放。只演奏給評審聽的海選，獲得了所有評審的一致推薦，推薦我們參與時代音樂祭在墾丁的主舞臺。

海選，成功通過！

我記得評審大為吃驚、深受感動的表情。

事實上，當今日之歌的第一句從余生嘴裡唱出來時，就已經勾住了他們。

有兩位評審在海選賽後點名了我們，說是非常期待我們的表演，期待我們拿出更多原創歌曲。

他們評論了余生的嗓音，再說到整個團發揮十分穩定，難以想像是成立沒有多久的樂團。即使主唱充滿個性與情緒，吉他與鼓點始終伴隨著她。

「最有個性的主唱。」

「今年最期待的新團。」

「讓往日餘生頹廢你的一整年。」

「不能嘗試，不要聽！一旦聽了，就跟毒一樣聽了就上癮。」

各種高度評價流傳出來，都過於浮誇了。還有一位評審在ＩＧ上直接寫了長文推薦。

一夕間，往日餘生初見名氣。

所有的宣傳海報與照片上，外表具有優勢，說穿了就是正的余生都是披著霧灰色的長髮，微微冷眼望著鏡頭。

太颯爽，又神祕。

余生根本不需要裝，只需要本色出眼就足以吸引人，這更吸引了無數人的好奇與關注。

也就是這時候，我們創立了往日餘生的IG與YouTube，這樣也算是建立起我們未來輸出音樂的管道。

很多人都期待著我們踏上墾丁的主舞臺，當然也包含我們自己。

往日餘生，踏出夢想的第一步。

「呀哈哈哈！成功啦，我們做到啦！」

「沒有想像到他們會這麼喜歡我們……難道我們真的很強？」前輩似乎從未想過可以獲得這麼高的評價。

「到現在，你還不知道我們這團的特點嗎？」

「你說給我聽聽看。」

我毫不思考地說：「比起實力，更重要的是特色。可以這麼說，我們非常有特色。在其他任何地方，都聽不到余生這麼慵懶、浪漫、頹廢得理所當然的聲音。一句話說就是，成癮。」

「我唱得很好聽，我自己知道。」余生自傲地說。

「……」

「我是很不想承認啦。」

我嘖了一聲。

回想起最一開始，我也是路過獨立唱片行時，在午夜時分，看見一個穿著長版大衣、手拿吉他的女孩在那邊自彈自唱。

但凡只要稍微聽過余生唱的歌，都會被迷住。

「是啊，回想當初，某人還要彈不彈，連彈個鋼琴都要我三催四請，低頭拜託呢。」余生若有所指地對我說。

我微微苦笑。

幾個月前的我非常討厭音樂，連碰不想碰，更別談高強度、長時間的練習，不斷不斷地彈奏吉他，身處於樂團之中。

「都過去了。」

我連忙別開視線。

「接下來，我們要做什麼？」前輩問。

「寫歌，然後再花時間去練習。這首歌……」余生一度欲言又止，「這首歌就是我們在墾丁音樂祭上要唱的原創歌曲。」

「妳已經在寫了？」

「我跟林天青寫一陣子了，快完成了。」

「叫做《昨日之歌》。」我補充道。

「好，那就等你們寫完了。」前輩總結。

冬去春來，初春到了。

寒假過了，身為高中生的我與余生，再一次回到校園。

我們像往常一樣，白天上課，下課寫歌，有空就跟前輩一起練團。

看得出來前輩比以前更加投入了。

他好像快出社會工作了。他本來就在金融公司實習，時常會在晚上接到工作上的電話。

「對了……」

想到這裡，我忽然好奇，前輩又是為什麼想加入樂團，堅定地走在音樂的旅途上呢？

為什麼呢？

翻遍我身邊的人，有像夏橙這樣從小接受培訓，擁有一定程度的天賦，長大後眼光敏銳，很早就透過YouTube做起音樂頻道，積累了一大堆聽眾的人。

她一個人，比很多樂團都更有名，擁有可以輸出音樂的管道。

再來就像是余生這種夢想明確，擁有獨樹一幟的聲線——完全稱得上是天賦異稟，一心一意朝著夢想的道路前進的人。

想讓全世界聽到她的歌，即使她的家鄉消失了，名字也會留在所有人心裡。

「那前輩是為什麼呢？」

我略感好奇。

客觀來說，從前輩熟練的打鼓技巧來看，他小時候很可能也接受過滿長時間的培訓，為什麼會執著在音樂上呢？

《昨日之歌》的歌詞寫得差不多了，只剩下收尾。

我坐在咖啡廳裡，望著窗外的滴答落雨。

某一次練團結束後，前輩送余生回到家。雖然感覺到余生的腳步似乎不穩，但目視著她走回家中後，我也沒有多說什麼。

前輩單手放在車窗外，若有所思。

「唉，最近公司越來越忙。」

「唔？為什麼？旺季嗎？」

「也不是，是待久了，越來越多業務分到我身上。」前輩嘆道：「這樣下去，都要影響到

# 5

練團了，有點糟糕。」

「……先等我們的歌完成，到時候我們再練多一點也行。」

我說著沒什麼意義的安慰。

夜晚路燈的橘色光芒，照耀在前輩的側臉上。他線條堅毅的臉龐，有一半隱沒在黑夜中。

「前輩，我們找個地方聊聊吧。」

「可以啊，哪裡？」

「你訂吧，我都可以。」

「那我知道一個地方，哈哈哈。」

前輩最後載我到一個熟悉的地方。

低音符酒吧——座落於一條隱密的巷子內。最近幾年，位於暗巷內的酒吧與咖啡廳越來越多。音樂主題酒吧。

在燈光灰暗，音樂環繞，頗有情調的環境中喝杯酒，很放鬆。另外也提供了許多正餐，更像是間餐酒館。

這裡不時會有人駐唱，都是正在成長的獨立音樂樂團。

這裡的老闆跟獨立唱片行的老闆是老朋友，因此都算跟我們熟識。

「坐那裡吧。」

我跟著前輩在角落的位置坐下。這裡可以看見整個駐唱樂團，角度最好。

我坐下以後，看著服務生遞來的菜單。

「前輩……」

「你成年了嗎？」

「……」本想實話實說，但我想了想，「在有跟沒有之間。」

「……那到底是成年了沒有？」

「一個成年，各自表述。」

「哈哈哈，那你的表述是什麼？」

「應該是成年了吧，可以點酒喝。」我理所當然地接道。

「行，你點啊，我請你。」

前輩也很豪爽，跟其他大人不一樣。

他指了指菜單，先熟練地點了長島冰茶。

我看了看都是陌生的英文名字，也不知道哪一杯好喝，因此看的時間也拉長了。

前輩也沒有催我，更沒有給我意見。

「Sea Breeze……這杯好了。」

海風。

看介紹是用新鮮的葡萄柚與蔓越梅，看上去是橘色的，應該很好喝。

除了飲料以外，前輩另外點了炸薯條與炸洋蔥圈。

「這樣就夠了。」

點完以後，前輩背靠著柔軟的椅背，偏亂的頭髮不時跟著低音符酒吧內的R&B音樂搖擺。

這裡的氣氛很Chill，說實話也很適合我們團駐唱。

「吶，前輩。」

「怎麼了？」

「你為什麼想成為樂團的職業鼓手呢？」

「哦？你很好奇？」

「當然。每一個人選擇踏上這條路都有理由，我知道夏橙、余生的理由，但我想不透前輩你為什麼踏上旅途。」

「嗯，其實吧，不是每一個人都有那麼多故事的喔。」前輩笑了笑，燈光微暗，他想了想緩緩續道：「我只是一個普通人。」

「……」

「我不像夏天裡的貓那樣，早就累積了幾十萬粉絲，能靠音樂養活自己。我也不像余生那樣，能靠一張嘴吃飯，唱歌那是老天賞飯吃。」

——我就是一個普通人。

平凡得再平凡不過。

因為小時候接觸了打擊樂，玩著玩著，發現自己對音樂很有興趣——尤其是鼓。長大後，我在高中、大學社團也都是玩流行樂，都是鼓手。

也像其他鼓手一樣，我的使命感就是樂團的支架，撐住大家的節奏。

鼓手看不到，貝斯聽不到。

但我知道自己一直都在，而所有人都一定聽得到打鼓的聲音。

我很想遇到認真練習、想要成名、靠音樂吃飯的樂團伙伴，但這太難了。

大家都沒有決心，或者說，沒有能支撐決心的天賦。努力與天分缺一不可，但大多數人兩個都沒有。

直到唱片行老闆介紹了你們。

前輩微微低著頭說著，修長的單手放在桌上。

穿著皮衣的他，身材的線條被稍稍收斂，但依然可以看見手臂的肌肉，那是日積月累鍛鍊累積的啊。

他以略顯疲倦的聲音說道：

「不管是什麼興趣，都會有人喜歡。有些人比較執著，就會去精進這個興趣，最後在出社會前，就會面臨選擇。」

「……」

「哈哈哈，你確定還要繼續聽下去嗎？林天青。」

「聽，你繼續說。」

我不假思索。

前輩的一言一句，重重直擊我的心。

他以近似抱怨的口吻道：

「相比起夏橙那種像夢幻泡泡似的人生，更多數人——其實是像我一樣的平凡人。不是每一個人都能像余生那樣瀟灑，也有天賦跟資本去隨心所欲。大多數人，都沒有，都是離開學校就得投入工作。」

「……」

其實也包含我，我也是前輩口中的平凡人。

只是，我對音樂的執著似乎沒有那麼強，尤其是在遇到余生以前，我早已放下了音樂。

那時候，夏橙也常常開出誘人的酬勞請我去她的頻道演出，我一律直接拒絕。

還是高中生的我，對未來的規畫也沒有前輩這麼清晰，更不用說像前輩這樣擔憂著未來。

但聽前輩這麼一說，我也忍不住想著，等我讀大學、大學畢業了。

要做什麼？

前輩接過服務生遞來的長島冰茶，喝了一大口。

「所以啊，林天青，你問我為什麼這麼拚，想成為職業樂團的理由是什麼？」

「嗯。」

「我可以明確地告訴你——我是一個再普通不過的人，所以我想要不平凡。」

「……」

「我的朋友很多都去了銀行、風投、基金工作，但我不想過那種早九晚六，一晃而過三十年的人生。那不是我喜歡做的事。」

「那你喜歡？」

前輩痛快一笑，像點醒我般說道：「我喜歡打鼓啊。」

「對喔！」

「這就是我為什麼這麼拚的原因……我喜歡打鼓，想靠打鼓想成為職業樂團鼓手，我很想要這樣。」

「我明白了。」

我認真地點點頭。

這一瞬間，我深深覺得這一趟低音符酒吧之旅太值得了。

5

相比起夏橙與佘生那樣絕非常人能觸及的境界，前輩與我這樣的人，才是占了大多數的普通人。

我望著眼前放在桌上的海風，拿起來，輕輕嚐了一口。

由水果醞釀偏酸的口感，帶著強烈的酒精進入我的喉嚨。

有點辣，哇，不是很好喝耶。

或許這就是調酒吧，不像飲料那般能輕易入口。

前輩頗有興趣地觀察著我。

「林天青，你到底成年了沒有？」

「我不是回答過了？」

「哈哈哈哈，反正我也不管這個。」前輩拿起幾根薯條，丟進嘴裡吃了起來，「我回答完你問題，換你回答我問題了。」

「咦？你也要問我啊？」

我差一點不小心一口喝太多，連忙拿起冰水喝口水。

「我想問你，佘生的狀況怎麼樣了？」

「……」

「幹嘛不回話？你不回話讓我很慌啊。」前輩稍稍瞪大了眼睛。

「她的身體一直都那樣，但是最近沒什麼問題。」

沒有多健康，但也沒有多不健康。

起碼我觀察到的是這樣。

我正經地說：「余生最近好像是有點虛弱，有時候練完團，我都覺得她走回家時腳步不是很穩，就……有點虛弱。」

不只一次了。有幾次我忍不住伸手扶她，都被她一手推了回來。

她會冷冷地瞪我一眼。

前輩又喝了一大口酒。

「我很矛盾呀，林天青，這也是今天想跟你聊的東西。」

「說吧，今天我們就什麼都聊，敞開心扉了。」

「我快要沒有時間了。」

前輩也不避諱，更不在意在我面前示弱，展示出脆弱的一面。

他厚實的胸膛，隨著急促的呼吸起伏。

「……嗯。」

「往日餘生是唯一有機會讓我做為職業樂團鼓手——繼續留在這圈子的機會。今年是最後一年，我馬上就要畢業了。」

# 5

「我知道……」

「我快要沒有時間了。不僅是余生，我也希望往日餘生能在墾丁的音樂祭上獲得大量的關注，讓我們更有機會成為職業的樂團。」

「所以你很擔心余生，是吧？」

「對。」

談到這裡，我與前輩不由得紛紛沉默。

他喝著長島冰茶，我喝著海風。

身為往日餘生的團員，每一次練團、每一次相處，我們都能親眼看見余生的狀況。

我們比任何人都清楚，最近余生的身體是沒有明顯變差，但略顯疲憊。

我們都無法知道，那是不是一身傲骨的余生在逞強。

我搖搖頭，把心裡不好的預感趕走。

「前輩，我也不知道余生是不是在逞強。」

「她會跟你說嗎？」

「……我不知道。」

「即使是你，你也不敢肯定吧。」前輩無奈萬分地笑了，微帶苦澀，「但如果連你，她都不願意說實話，那全世界她也不會對任何人說實話了。」

「嗯。」

不知不覺間，談話的主題越加沉重。

我想起余生的家庭。

她的父母在她小時候就出了車禍，長時間住在醫院裡。他們家本來似乎小有積蓄，加上保險，也因此余生到現在都沒有太多經濟上的壓力。

就我所知，余生大部分的時間都是獨自過活。這培養出她獨立果決的人格，她待人的方式偏冷，溫度永遠是那般微冰，也與她的原生環境脫離不了關係。

總是一個人過活的她，獨處時最喜歡聽音樂。

也是因此，讓她有了倔強、逞強的脾氣，因為她知道，沒有人會幫她。

我吃了幾口薯條。

微醺的感覺湧上心頭。

哦？這就是醉的感覺，感覺身體有一點點不受控，思考有一點點緩慢，但還是可以思考，想像所觸及的大腦疆域似乎更大了。

「前輩，最近《昨日之歌》快寫完了，寫完前我們稍微少練一點，讓余生休息一下吧。」

「好，就按照你說的來。」

「你是不是快把那一杯喝完了？好喝嗎？」

5

「長島冰茶？這杯調酒很烈喔。」前輩忽然一愣，「林天青，你只能喝一杯，我不會讓你點第二杯喔。」

「好吧……」

「我不能讓你在介於有跟沒有之間的道路上越走越遠，哈哈！」

「我有機會會探探余生，但我感覺沒有很嚴重。」我換上了比較愉快的口吻，「你看，最近練團她一次也沒有倒下，也沒有說堅持不下去吧？」

「的確是啦。」

R&B的樂聲忽然變大聲，我與前輩往前一看，原來是某個駐唱樂團來了。燈光灰暗，光影紛紛聚焦到主舞臺上。

「林天青，以後我們也會這樣駐唱吧？」

「嗯，一定會。」我堅定地說。

♪

初春。

生命初萌的氣息，即使在臺北街道也能看見。

偶爾傳來的鳥叫、含苞待放的小花，春意漸漸綠了草地與人行道。原先凋零的行道樹，也慢慢長出了樹葉，林陰夾道。

氣溫漸漸回暖，不再是去哪裡都要穿厚厚一層的季節，連心情都變好了。

前幾天，與前輩在低音符酒吧待了好久，聊了好多。

我深刻感受到，我們都只是一個普通人，像大多數人一樣的普通人。

不像夏橙與余生那樣的小說主角，帶著天賦與幸運出生，我只是一個要是沒有遇見余生，一輩子都不會再碰音樂的一般人。

昨日之歌終於寫完了。

昨天熬了一夜。

站在書桌前，我望著稿紙上的最後一段，臨時改動的一段——

我們去了酒吧
聽著爵士藍調與LoFi的派對
妳微醺地抓著長島冰茶
臉紅紅靠在我的肩膀上說自己沒醉
一個夜晚才剛剛開始

# 5

妳大聲問著駐場樂團在哪
搶來mic大聲唱起歌，魔幻的聲音意氣瀟灑
那首歌 是我們最愛的那首
我們跟著時間走啊走

這首歌，是往日餘生要在墾丁音樂祭主舞臺上演唱的原創歌曲。毫無疑問，那是我們最重要的舞臺，能不能爆紅，就看這首了。

我把寫完的歌，用手機傳給余生與前輩。

傳完之後，我把手機放在桌上，走到廚房，煮了一杯瑰夏。

明亮、帶有明顯果香的咖啡氣息，在整個房間裡飄散。

精神一振。

我拎著咖啡杯，重新回到書桌前。

這些歌詞，還要等待余生的回應，看有沒有哪些地方需要因編唱而改動。作曲這塊，很早就是由余生完成的。

身為鼓手的前輩也會給予建議，到時候一起改就好了。

手機傳來了訊息。

我低頭一看，是群組裡傳來的訊息

余生：寫得好，晚上我們就來練習啊！

前輩：晚上要加班到八點。

余生：那九點在練團室等你，前輩。

我：……是也不用今天啦。

余生：我靠，林天青，4不4想偷懶。

我：不4

前輩：九點可以到，九點吧。

余生：好，今天我們要徹底把整首曲子跑一遍。

我：那我九點過去。

余生：記得幫我們帶咖啡來喔。

我最後傳了一個貼圖過去。

昨日之歌完成了，我們抓緊時間開始練習。

夏季的時代音樂祭是在七月，盛夏時節。現在是三月左右，我們還有大概五個月的練習時間，綽綽有餘。

與其天天練習，不如讓余生保持健康。

她的健康比什麼都重要。

在我與前輩達成默契後，由於這次沒有時間壓力，我們練團的頻率也大概降低到了一週兩次，不再像以前那樣，投入所有的休閒時間。

我們也不是當初那個剛剛成立、對彼此都不熟悉的初創樂團了，而是在網路上有一點點聲量，彼此默契極佳的樂團。

——往日餘生。

雖然余生沒有特別提到，但有些小型串流媒體會約她專訪，更不用說一些高中與大學的音樂社團。

我喝著咖啡，一邊讀著歌詞。

「……」

想了又想，我又坐到書桌前。

心裡迴盪著余生的歌聲，套入歌詞試著輕唱。同時，把我的吉他伴奏、前輩的鼓聲融入想像中。

我一遍遍思考，這些詞是不是能發揮出她的實力？尤其是，每一句歌詞的結尾都很重要。

選用的字押韻容不容易發力，也影響著她能不能發揮。

悠閒的午後沒事，我也把歌詞傳給夏橙。

正確來說，我把整首歌傳給了她。

結果沒有多久，夏橙回傳了一段語音訊息。

「不會吧……」

我帶著忐忑又微帶期待的情緒，點開了那段語音訊息。

哈囉，好久沒看到妳
這陣子妳去了哪裡
生活這麼煩人，我只想喝著拿鐵
跟妳一起坐在咖啡廳裡

這是昨日之歌的前奏。

夏橙偏高且明亮的聲音傳了出來。

她在唱昨日之歌，太令人措手不及了，我甚至還沒有聽過余生唱。

夏橙的演唱一如她本人的模樣，活潑輕快，讓人充滿元氣。聽著聽著，彷彿能想像出她的身邊飄滿了玫瑰色的氣泡。

七彩的顏色，絢爛萬分，輕盈而歡樂。

在她的詮釋下，昨日的美好無限放大了。

聚焦在昨日記憶中的歡笑。

每一個從回憶寶盒裡拿出來的片段回憶，都是那麼快樂。

好美，這無疑是很美的演唱。

夏橙的演繹明顯比以前更上一層樓了，但是在什麼時候成長的呢？

「……」

我閉眼傾聽，直到她唱完最後一句歌詞。

「這、這是清唱……？」

因為色彩太多，在我眼前的畫面太過豐富，我完全沒有發現到這其實是清唱。

不可思議。

甚至沒有任何和聲與伴奏。

夏橙的歌唱實力已經到這種程度了嗎……

我心中頓生佩服。

每一個歌手演繹每一首歌，帶給人的感覺都不一樣。我發自內心感到好奇，如果是余生會怎麼詮釋昨日之歌。

一抹灰色。

一團橙色。

這兩個人從個性到歌聲，都是截然不同的兩端，應該會很有意思。

手機又亮了。

夏橙：怎麼樣？唱得很好吧。

我：妳唱得好不好聽，不是很明顯嗎？這麼想要我讚美妳？

夏橙：小鼻子小眼睛。

我：看不懂妳在說什麼。

夏橙：你那段是我在宜蘭說的，這樣也能記到現在？

我：好聽～可以了吧。

夏橙：林天青，你怎麼越活越討人厭呢，有你這樣的人嗎？

她又傳了一張憤怒揮拳的貼圖過來。

我笑了笑，放下了手機。

## 5

夏橙似乎也不再糾結在宜蘭民宿所發生的事了。

像她這樣開朗、樂觀的人，自我鼓舞的能力，遠非常人所能及，自然可以在很短的時間內恢復。

稍晚的時候，我、前輩、余生齊聚在練團室。

余生披著薄外套，除了身子看起來略顯單薄以外，看不出來哪裡不健康。

從那天開始，我們開始練習昨日之歌。

也就是那天開始，我離開家裡出門時，再也不用穿上厚重的外套。

天氣回暖，路上的行人穿的也明顯變少了。

——時光長河流淌。

——時間分分流逝。

我們一直在練團。

走到現在，我們三人的意志更加堅決。我們都很清楚，離實現夢想——就差那一步。

這段時間，我一直留意著余生的狀態。猜測很快變成了預感，預感很快變成了篤定，最後化為現實。

莫非定律。

果然，這個世界上沒有一路順風的旅途。

不知道為什麼，隨著春分到來，余生的身子反而更虛弱了，臉蛋總是白如月光。

或許是因為日積月累的疲倦，高頻率地勉強自己，余生現在身體時好時壞，比以前更常感冒了。只要一感冒，她的聲音就會變化。

也不是說不好聽，只是不是她平常的聲線。

我們維持一週練團兩次，依照余生的身體狀況決定要不要減少。余生一次也沒有像第一次練團那樣倒下，最慘最慘，她也能靠著桌子唱著歌。

她在努力著。

不屈於命運的意志，是余生的標誌。

「繼續！」

「不要停啊，我還能唱啊，剛剛那段需要重練一下。」

「你們兩個在幹嘛？再來練啊。」

「林天青，跟上我，靠近我！」

「你到底行不行？」

5

余生總是催促著我們。

「……」

「……」

我與前輩常常默默相覷。

我們都自認無法做到余生所做到的程度，但我們也都傾盡全力，拚命地練習。

只要在余生能練習的夜晚，我們就安排練團。不管再怎麼重要的電話與會議，前輩都不會處理，我也放下了所有的事。

余生所詮釋的《昨日之歌》，就像是一顆流星。

是在黑夜裡的璀璨夜星。

說起來很難體會，但我想到時候現場聽到的所有人，可能也都會有這種感受。

余生的身體在好與壞之間徘徊，很快地，蟬鳴響起。

夏季到了。

就是這個夏天，我們即將登上時代音樂祭的主舞臺。

極短的熱褲。

白皙的長腿。

清涼的夏裝。

榕樹上此起彼落的蟬鳴。

隨著豔陽照耀而發燙的柏油路。

還有必不可少的海灘與潛水。

那天很快就到了。

在登上時代音樂祭主舞臺的前一天，前輩就載著我們到了墾丁。值得一提的是，在前輩載上我之前，夏橙就已經在車裡了。

她坐在副駕駛座。

「咦？妳也在？」

「幹嘛這麼意外？我請徐名間順便載我去，想去聽你們第一次的音樂季。」

「喔喔。」

「往日餘生的第一次音樂季耶。要是未來你們紅了，我就可以到處炫耀了。」

「……」

「我也會在YouTube直播喔，哈哈哈哈。」

夏橙對往日餘生的幫助很大，從頭到尾也算是深入參與了建團，她想去聽也挺好的。

我抱著吉他坐到後座。

## 5

所幸前輩的車子夠寬敞，坐起來也舒服。

前輩的車子載到余生時，余生坐進車裡才發現副駕駛座上有一顆橘子。

余生挑挑眉毛，空氣劉海輕晃。

「妳也來了啊。」

「怎樣？」

「沒怎樣。來是可以來，但記得YouTube幫我們直播，帶點人氣啊。」

「妳怎麼好像是在對我下令呢？哈！」

「我可以給妳一張貴賓票，不錯吧？」

「VIP票？余生同學，那種東西憑我的人脈，妳覺得我搞不到？」

「搞得到又怎樣？我給妳的是往日餘生專屬的票喔。」

「所以呢？」

「行了行了，妳們兩個別吵了。」

開車的前輩制止了她們，我倒是微微一笑。

她們兩個肯對話、肯鬥嘴，就是大概和好了。

「出發啦。」前輩對我們喊道。

從臺北一路到國境之南，路途遙遠。

前輩開著車，車上堆滿了咖啡與零食。

車上的人都很愛喝咖啡。

某橙與余生仍不時鬥嘴，但聽在耳裡，一點也不刺耳。兩人還會吵著別人聽不懂的話題，像是某首歌哪邊該怎麼唱。一言不合，兩人還會分別清唱。

這聽在我們耳裡，就是至高的享受了。

前輩一路開到墾丁，在午後，我們抵達了目的地。

是一家濱海的民宿。

墾丁這裡的民宿價格都不便宜，尤其是在暑假，最近又有音樂季，價格又得往上漲。前輩訂了兩間房，這表示某橙得跟余生一間。

應該沒事吧？

我把行李搬進房間後，換上沙灘拖鞋，迫不及待地走出民宿，看著外頭乾淨無比的沙灘與海洋。

等等就可以看到夕陽了。

余生她們的房間在我們隔壁，當我走出來時，余生也在外面。

我們甚至沒有說話。

余生只是微微擺動頭部，示意我跟她一起走向沙灘，我就已然明白她的意思，毫無猶豫地

## 5

跟上她。

時值盛夏，再怎麼怕冷的余生，現在也沒有穿上那件菫紫色的長版大衣了。

揚著一頭霧灰色的長髮，似乎是害怕走在海灘上會沾到海沙，余生把長髮綁成馬尾，露出白皙的後頸。

她穿著純白色連身沙灘裙，吊帶的設計，讓她露出一小片背部，白皙而光滑。

余生的個子偏高，一雙長腿更占據了大半部分的身長。沙灘裙收至膝蓋上方，她的長腿也奪人目光，既性感又清純。

純欲。

我想，沒有比這種風格更適合形容余生的穿搭了。

我們並肩走在沙灘上。

余生略微走到前方。

「吶，林天青。」

「嗯哼。」

「你會緊張嗎？」

「多少有點，但妳現在問我，我覺得沒有多緊張。」

「因為還沒踏上舞臺吧？」

余生微微停下腳步，往後看向我。

「……」

這時候，我才明白她發問的理由。

她在尋找安慰。

我故作平靜地說道：「沒什麼好緊張的啦。余生，我們只要像過去練習的幾千次一樣，正常發揮就好了。」

「那唱完《昨日之歌》，我們就有很大的機會爆紅吧？」

「起碼在獨立音樂這個圈子，我想我們的名氣會更上一層樓。現在不是就偶爾會有些小媒體想訪問妳嗎？以後會更多。」

「嗯……」

「但一個樂團要長期運作下去，我們還是有很多要努力的地方。」

「像是寫更多歌？」

「嗯，這很重要，作品會說話。」我發自內心地說。

起碼要先有七到十首原創歌曲。

我們現在的作品庫還是太少了，具體數下來只有《今日之歌》、《昨日之歌》兩首，遠遠不夠。

5

「看來以後要做的事還有很多……這裡的沙子真的好軟。」

「嗯啊。」

我們在墾丁的沙灘上散步。

左邊就是太平洋，漸層三層藍色的海浪，規律地拍向岸邊。

海風的聲音呼嘯而過。

不知不覺間，余生把她的厚跟涼鞋脫下來，用手拎著，她正用腳感受著這塊土地的脈動。

海浪打來，再緩緩退去。

浪聲陣陣，不時傳來海鷗的鳴叫。

今天的雲朵比較多，加上我們身處海邊，清涼的海風陣陣，帶走了身上多餘的黏膩。夏日的豔陽沒有讓我們感到燥熱。

「找個地方坐吧。」

余生挑了一塊岩石，先是蹲下去，再緩緩坐下。

她把一雙長腿往前自在地伸展，一點也不在意濕潤的海沙沾上她的腿。腳尖的部分，不時會接觸到拍打上岸的海浪。

我靠著岩石坐了下來。

「這裡真的好美。」

余生真情地說。

我難得感受到，不是偏冷的溫度。

她微微咧開嘴角，望向一望無際的海洋，與海洋彼方的海平線——那裡是與天際在視覺上交錯的地方。

天際之間，似乎唯有我們兩個人正身在這裡。

那是一種很奇妙、難以言喻的感受。

我們一起聽著海浪。

余生的手放上我的手背，是不像以前那麼寒冷，但也沒多溫暖。

「吶，林天青，我們終於走到這一步了。」

「嗯，很累呢。」

「你也覺得累吧？我只是很感慨，好像我們組團已經是很久以前的事了。」

「……妳的身體呢？還行嗎？」

我忍不住關心。

余生閉起眼睛，再緩緩張眼。

她那倒映著碧藍海洋的眼瞳，似乎訴說著千言萬語。

余生的嘴能唱歌，余生的眼睛能說故事。

我又想起這句話了。

這次余生沒有面露厭惡，更沒有拒絕回答，但也沒有給我明確的答案。她只是不置可否地看著藍色海洋。

半晌，她都沒有回應。

這反而令我慌了。

正當我受不了，準備再問一次時，余生悠悠地說道：

「這個問題，沒有那麼重要了。」

「……」

「明天就是時代音樂祭的主舞臺了。我們花費了這麼多時間跟努力，拚盡全力，就算我告訴你，明天我上臺很可能會撐不了……林天青，你會攔住我嗎？」

——你會攔住我嗎？

余生直勾勾地問道。

我微微一愣，馬上回答：「那要看妳是不是認真的了，余生。」

「你覺得我認真嗎？」

「妳……」

余生凝視著遠方，只露出一張沒有太多情緒的側臉。

坐在岩石上的我，不知道該如何是好。

我的手從余生的手下離開，轉而從上蓋住余生的手掌。

我很擔心余生。

比起往日餘生的初舞臺，我更在意余生。

「如果妳上臺真的會撐不住，我一定會攔住妳。醫生到底是怎麼跟妳說的？」

「什麼也沒說。」余生別開頭。

「真的嗎？所以，妳到底撐不撐得住？」

「我想一下……已經有半年了吧，我每次都可以好好練團，而且沒有再被送去醫院過。雖然會有點疲憊，但我覺得撐得住喔。加上我現在一心一意就是想上臺，唱出《昨日之歌》，一定撐得住。」

「嗯……」

終究沒有答案。

感覺余生還是在逞強呢。

但余生如果不倔強、不勉強自己，好像就不是余生了。

海風陣陣，太陽的光線也越來越暗。

在最後一縷陽光消散前，我轉過上身，盯著余生。

「余生，如果妳明天站不住，感覺沒力了，就打個暗號給我，我會想辦法支撐住妳的。」

「哈哈……好。」

「也不要想太多，就是一首歌，最多不到十分鐘。我們一定做得到。」

我站起身，伸手拉起余生。

余生的重量真的好輕。

她明明這麼高，怎麼體重這麼輕呢？

我們走在太陽已然西落的沙灘上，一路並肩走回民宿。

一路無語，唯有海風的聲音，迴盪在耳畔。

♪

# 5

作為全臺灣最大的音樂盛宴。

時代音樂祭。

聽眾與樂團粉絲，擠爆了整片墾丁沙灘，人山人海。

我從來沒有看過那麼多音樂舞臺，除了主舞臺之外，還有幾座小舞臺。我也從沒看過這麼多為獨立音樂而來的人們。

大多數是學生，都是喜歡聽團的人呢。他們也可以說是全臺灣最喜歡音樂的一批人。

這次的時代音樂祭為期三天。

我們——往日餘生是在第一天出場。

作為新團，加上沒什麼名氣，只是從海選脫穎而出，被放在第一天也是很合理的事。

這不影響我們點燃全場。

第一天晚上，我們將踏上舞臺。

這一趟音樂之旅終於到了最高潮，能否有美好的結局，全看今晚的演出。

時間慢慢來到晚上，是我們預定的表演時間。

早就在後臺準備的我們，終於收到了主辦方傳來準備上臺的消息。

「走吧。」

「嗯。」

余生第一個站起。

她穿著那件帶有神祕感的堇紫色長版大衣——那是最符合她風格的大衣。內襯是一件白色的短版上衣，牛仔短褲下露出一雙奪人視線的長腿。

霧灰色的長髮低調卻與眾不同，細細整理的空氣劉海在她的眉毛上跳躍。

美得令人屏息。

# 5

我幾乎看傻了眼。

跟著前輩，一起走上舞臺。準備就緒的我們，在上千人的圍觀之下，站在主舞臺上。

切切實實地站在舞臺上，聽眾傳來的噪音與歡呼變成了聲浪，包圍著我們。

好多人。

這是我第一次感到緊張，心臟怦通怦通地跳。

我不是沒有見過大場面，但這麼多人的現場，我也是第一次經歷。

『接下來登場的組合，有一些人已經聽過他們的名字，讓我們歡迎──年度最期待的新團，往日餘生！』

隨著主辦方大聲介紹，更多聽眾從其他地方匯流到主舞臺。人更多了。

前輩跟余生輕輕擊掌，走到鼓後面。

他對我比了一個ＯＫ的手勢。前輩還是很穩。

本來以為會是我安撫著余生，結果卻是余生用手拍拍我的肩膀，讓我集中注意力。

「嘿，林天青？」

「……咦？」

「喂，你在分心什麼？看著我。」

「什麼？」

「看著我！」

余生伸出雙手，把我的臉擺正，強迫我注視著她的眼睛。

我在這裡——她輕聲說。

那猶似催眠的語調，從離我極近的余生口中說出，讓我心裡幾乎立刻平靜下來。

這似乎與制約，相去不遠。

「你忘記那句話了嗎？」

「哪句？」

「若你不知道為什麼而彈，那就為了我而彈——我就是你的理由。」余生用手握拳，搥了搥我的胸口。

重整思緒，我拿起吉他就定位。

余生拿起麥克風站到舞臺前方。

夜幕早已降臨，但此刻墾丁的沙灘上燈火通明。

舞臺上的光線，聚焦在余生身上。

『大家好，我們是往日餘生。我是主唱，余生。站在我旁邊的這位是吉他手，林天青。我們的鼓手大哥，坐在後面那位叫徐名間。我們要演出的歌叫做——《昨日之歌》。』

## 5

上千名聽眾們，一雙雙眼睛，都仔細地盯著我們。

很多人都很期待。

我深深吸了一口氣。

多虧余生，我一點也不緊張，手也不會抖。

余生斜眼探了我一眼，收到指令的我，彈出第一個音——

余生開口，她那獨樹一幟的聲線在沙灘上擴散。那具有磁性、深邃無比的嗓音，頓時席捲了整個墾丁。

浪漫了一整個夏天。

所有人都為之沉迷。

在放縱之間結合了頹廢，在浪漫之間結合了任性，在隨心所欲之間注入了感情。

微帶厭世。

微帶詩意。

她具有致命吸引力的唱腔，幾乎是所有人都未曾聽過的聲音。

透過Lay Back，理所當然似的時而放慢、時而放緩，飽含情感的尾音像是毒一般，令聽者上癮。

她投入的情緒，情感上是那般孤獨。

明亮的夜星。

余生演繹的昨日之歌，就像是一顆星辰，於無盡黑夜中，冉冉升起。

所有人、所有聽眾，都仰頭望著那道冰冷卻迷人無比的星光。

太美。

儘管清冷、儘管寂寞，就算那道星辰旁邊，再也沒有其他人。

她依然在那裡。

聽眾越來越多，從其他小舞臺靠過來的人們如潮水一般湧來。

他們包圍了整座主舞臺，大家都在聽著余生唱歌。

如痴如醉。

好好聽。

即使我們練習了那麼多次，聽余生唱歌一點也不會膩。

余生的歌聲從耳機裡傳來，我聆聽著前輩的鼓聲、我的吉他伴奏，這就是往日餘生在墾丁時代音樂祭的初舞臺。

——昨日之歌。

哈囉，好久沒看到妳

5

這陣子妳去了哪裡
生活這麼煩人，我只想喝著那提
跟妳一起坐在咖啡廳裡

回首過去半年。

除了練團，我們最多的時間就是聚在臺北各式各樣的咖啡館裡。

我很愛喝咖啡，余生也是。

我們一起體驗了好多單品豆，也體驗了各種煮咖啡的方式。就是在一次次閒聊、一次次討論中，我與余生的距離越來越近。

最近她除了拿鐵以外，也常常喝一些比較高價的莊園單品咖啡。

簡簡單單地手沖，不加入任何配料。

明亮的果香，幾乎是我與她最多的共同記憶。

我還記得，余生最喜歡的咖啡豆是薇薇特南果。因為太喜歡了，她還買了幾包帶回家，在家裡手沖來喝。

這是前奏。不僅是昨日之歌的前奏，也是往日餘生的前奏。

是屬於我們的回憶。

余生在我的眼前盡情低語，她深邃的眼瞳不時側頭望著我。身為主唱，她的動作不多，更集中在唱歌之上。

我想不只有我一個人深深沉淪。

這些在舞臺下越來越多的聽眾、粉絲，也深深入迷。

秋天是我最喜歡的季節
那天正好在下雨
妳穿著一身黑，在我耳邊低語
妳說好想淋著雨滴唱著歌
秋天的細雨裡響起熟悉的弦律
我知道，那是最美好的聲音，遇見妳是我最好的際遇
那首歌，是我們最愛的那首
我們跟著時間走啊走

秋天是我們最喜歡的季節，也是往日餘生創立的時間。

# 5

秋末冬初，我們認識了前輩，無數次在練團室裡練到深夜。

尤其是第一次練習的時候。

為了把余生的嗓音與唱腔、前輩的專長與特性、我的吉他實力統統磨合一遍，我們幾乎磨到了早晨。

徹夜未眠，直到看到了天邊的魚肚白。

秋雨紛紛。

有幾次——在余生的身體狀況還可以的時候，我們一起走在細雨裡。

余生輕輕唱著歌。

她霧灰色的長髮被雨水打濕，濕漉漉地貼在她的臉蛋上，靈動的睫毛也因此低垂。

但她一點也不在意。

在我心中，那是最美的風景，與最美好的歌聲。

主歌緩緩結束——即將進入高潮的副歌。

余生往我走近，她單手抓著麥克風，堇紫色長版大衣的下襬隨著她的動作輕輕搖曳。

很好，她撐得住。

我們去了酒吧
聽著爵士藍調與LoFi的派對
妳微醺地抓著長島冰茶
臉紅紅靠在我的肩膀上說自己沒醉
一個夜晚才剛剛開始
妳大聲問著駐場樂團在哪
搶來mic大聲唱起歌，魔幻的聲音意氣瀟灑
那首歌，是我們最愛的那首
我們跟著時間走啊走

——閃開，讓我來！

不只一次，余生在低音符酒吧裡去搶麥克風。

我們有時候會去低音符酒吧，在那裡聽著駐唱，享受被音樂包圍的氛圍。

前輩跟我去的時候會喝點酒，但有了余生，大家就很有默契地不喝了。

藍調爵士。

R&B。

這兩種是低音符酒吧裡最常播放的音樂，都很Chill，我們三個人都很喜歡。那裡的老闆跟獨立唱片的老闆是朋友，也讓我們在那裡辦過試唱。

——我要喝啦。

——不行啦。

直到現在，我仍然記得，余生會以各種方式偷偷點，但沒有一次成功過。

這段副歌，余生投入的感情更強烈。她稍稍低沉的聲音、頹廢而愜意的唱腔、朦朧的美感，讓人無法抗拒。

昨日的美好。
過往的燦爛。
就算再細微的小事，只要快樂，都能被余生的歌唱喚醒。

我們跟著時間走啊走。
那些美好的過去，一直都在，只是需要我們回首一望而已。

我們度過了多少春夏秋冬與青春
寫著歌，一起把歌唱

拒絕了多少次梅菲斯特索要的靈魂
在時間流淌成的長河上尋尋覓覓
我想起了妳的豆沙色嘴唇
還有黑莓般屬於妳的氣息
那首歌，是我們最愛的那首
我們跟著時間走啊走
哈囉，好久沒看到妳
這陣子妳去了哪裡
我還能再看到妳？

最後一段副歌緩緩唱出。

余生已經進入一個沒有人可以影響她的領域。

在低音時，她再次深入、進入無人探詢之地。她輕易地渲染了慵懶與散漫，極其獨特的歌聲充滿了故事。

一如她本人。

要結束了。

她雙手抱著麥克風，輕閉雙眼，以近乎顫抖的聲音，為整首昨日之歌收了尾。

我的雙手離開了吉他。

前輩鼓聲漸止。

隨後而來的，是滿場聽眾爆炸似的歡呼。

成千上萬人高喊著余生、往日餘生、余生、往日餘生。點燃全場的歡呼聲，將我們徹底包圍。

無數燈光閃耀，好多人在拍照。

前排觀眾好多人流淚，我仍處在震撼之中。

這就是現場的魅力。

我看著余生酣暢淋漓、浮出汗水與淚水的臉蛋。

「林天青，我們成功了吧？」

「成功了。」

「我唱得好聽嗎？」

「都快比妳本人還令我喜歡了。」我誠實地說。

我走到鼓前，伸手與前輩擊掌。

前輩的臉上寫滿了精疲力盡與喜悅。

「這是我聽過余生唱最好的一次。」他說。

「是吧。」

我也這麼認為。

往日餘生的初舞臺，大獲人氣與矚目。

那天以後，往日餘生成為席捲整個獨立音樂圈的新星。

當余生的歌聲被世人聽到，就注定了她的天賦勢必被世人所熟知。

太過獨特。

——夏日最美好的星辰。

——她的才華，猶如美麗的蝶斑，獨一無二且渾然天成。

——年度最佳新團，往日餘生。

——萬人淚目，從未聽過這種聲音。

——厭世唱腔、浪漫與慵懶的天才歌姬。

——成立半年，遠勝十年，最期待他們的下一首歌。

無數樂評人、串流媒體、YouTuber，都放出了對往日餘生的評價。

雜誌報導、媒體報導隨處可見。

尤其是在YouTube上，好多人貼出了往日餘生的直播現場，隨便一條都是上千則留言、上萬按讚。
余生的海報一夕間在ＩＧ、ＦＢ上到處都是。
這也跟她長得正有關。
一夕爆紅，連我們在生活中都明顯感受到了。
好多有在聽音樂的同學，都會問我們關於樂團的事。邀約表演的邀請，在一個星期裡就收到快五十封了，前輩都收信收到傻眼。
熟悉業務窗口對接的他，也負責談起了所有合作。
往日餘生的歌，確實永遠留在很多人心裡。
很多人，就此就記住了余生。
——來自高山鄉的余生。
以現在來說，往日餘生算是可以踏上職業樂團的道路了。在前輩即將步入社會前，我們做到了這步。
從組團、參與海選、登上墾丁的舞臺，一步步實現了。
然後。
沒有然後了。
在那天以後，余生住院了。

# chapter 6

## In the Rain

## 6

夏天很快就結束了。

那是我記憶中再也不可能忘掉的夏天，注定成為心裡那一塊永遠不可能抹滅的事物。

高二開學前，某天夜裡，我像以往一樣漫步走到獨立唱片行，望著門口空曠的位置。

獨立唱片行前的空地，穿著黑色風衣、一頭散漫長髮的女孩，翹著曲線漂亮、白皙光滑的雙腿，雙手漫不經心地抓著吉他。

她要彈不彈的慵懶，正好勾住了我。

「不……」

重整精神。我定眼一看，那塊空地上並沒有人。

此刻余生也不可能在這裡。

啊，真是的，不由得想起從前。

說是從前，其實也不是很久以前。只是這段璀璨的時光中，實在發生了太多故事，這才是讓我覺得過了好久好久的原因。

我走進唱片行，挑了張唱片，認真地聽了幾首歌。

結帳時跟老闆閒聊了幾句。

「她沒事吧？」

「還行。」

「還行就好。休養身體最重要，你們都還年輕，時間多得是。」

「嗯，以後還有機會，我知道。」

「加油啦，期待你們復出。」

唱片行的老闆難掩失落，但脾氣與修養都很好的他，自然也明白我們的難處，只是從旁鼓勵著我們。

他真的是一路幫我們到底。

很多音樂媒體的採訪，也是唱片行老闆幫我們協商牽線的啊。

帶著唱片，我順便買了兩杯咖啡。

只為了等一下去探訪余生。

走在夜晚的臺北街頭。

夏末秋初，氣溫微涼，很舒服。

我走在熟悉的道路上，這條路是通往醫院的道路。

不知不覺間，我早已認熟了這條路。

從墾丁的表演以後，我不知道去過醫院幾次了。

為什麼去那裡？因為余生就在那裡。

# 6

穿越人群、走過大廳，搭上電扶梯，依靠著走廊的路標前進。熟門熟路的我，很快找到了余生的病房。

我推開大門，走了進去。

「晚安呀，余生。」

「嗯，晚安，你怎麼又來了？」

「沒事不能來看妳嗎？」

「……」

余生沒有回話。

最近，她也失去了一部分的強勢。

她默默地從床上坐起，棉被披在她的腿上。

我坐到她的床邊。

不得不說，余生的臉蛋更加白嫩了。

比起以前，她現在更難曬到太陽。幾乎沒有血色、過於慘白的肌膚，在在透露著她的身體很虛弱。

事到如今，追問到底是為什麼，也不再重要。

余生的手機放在床上。我望了一眼，她卻連忙把螢幕關掉。

隱約可見，似乎是往日餘生在墾丁的影片。

一股無奈。

難過，卻什麼也做不了的情緒在心裡蔓延。

我敲了敲額頭，催促著這個念頭趕緊消散。

「要吃點什麼嗎？我來點。」

「我想吃……鐵板燒。」

「好。」

「你也還沒吃嗎？林天青。」

「還沒呢。」

就是想來這裡跟妳聊聊、跟妳吃個晚餐，我才過來的啊。

我拿出手機，用熊貓外送點了鐵板燒。

「吃什麼呢？」

「幫我點一份羊肉吧，小辣。」余生說。

我把專程帶來的咖啡遞給余生一杯。

她看到杯子，眼睛一亮。

「這是獨立唱片行的咖啡耶，你剛剛去那裡？」

## 6

「是啊，也順便跟老闆聊天，哈哈。」

「讓他失望了……」余生眼神黯淡，拿著咖啡杯的手放在棉被上，「我們已經成功了，卻因為我的身體……唉。」

「我們會等妳，等妳回來。」

「……」

「而且啊，余生。」我上半身探近她，理所當然似的說道：「我本來就是因為妳而拿起吉他的。如果沒有妳，我也不會再彈起吉他了。」

「但是，前輩呢？」

「這……」

我心中一緊。

前輩已經沒有時間了，而成為獨立樂團的鼓手，是他的夢想。

就算到了現在，余生心裡仍掛念著別人。

偏冷的個性、若即若離的距離，都不會影響余生在意伙伴。

太過溫柔了。

反而令人心痛。

余生住院，長期無法高歌。甭談踏上舞臺，余生光是連長時間站著都很吃力。

我望著余生。

「前輩等一下也會來喔。」

「他也要來?為什麼?」

「也是想跟我們碰碰面吧。」

我隨口答道。

有一件事，只能現在做了。

要是現在不做，以後的我們一定會後悔死。這件事當我跟前輩提到，他想也沒想就答應了。

余生一個人在醫院很無聊。

除了我以外，其實夏橙也來過幾次。

縱使她們常常吵架，但她們的關係其實很好。

在等鐵板燒來的期間，我與余生興高采烈地聊著最近聽到的歌。

雖然沒在唱了，但余生喜歡音樂的個性，源自她的骨子裡。她沒有力量能高歌，但還是能坐在床上小小聲地哼唱。

我開心地聽著。

在這小小的兩人世界中，還滿療癒的呢。

余生一首首哼唱。

6

展露笑顏的她，似乎也短暫地忘記了煩惱。

這就是音樂的魅力啊。

她還會不小心滑到夏天裡的貓的歌，通常沒過幾秒會滑掉，一邊嘟囔著：「哼，沒有我唱得好聽。」

鐵板燒到了。

我特地走到醫院外拿回來。

正好是吃晚餐的時間，我們一起在余生的病房裡吃著鐵板燒。

「吶，余生。」

「嗯。」

「我想問妳一個問題——妳一定要說實話。」

「我無法答應你這個呀。」余生困惑地說。

不管三七二十一，我直接切入主題。

「醫生到底怎麼說妳的病情？」

「我就知道你會問這個……」

「因為，我很擔心妳。」

「但你現在問也太狡猾了吧。」余生抗議，她放下了筷子，似乎在猶豫著什麼。

我屏息等待。

從很久以前，余生都一直沒有講過她的病情，我跟前輩也沒有從醫生那裡聽過什麼。

余生想了想，回道：「你是我第一個說的人喔。醫生說，我不能再進行高強度的歌唱了，尤其是現場。」

這是她第一次親口說明病情。

在室內燈光的照耀下，余生的眉毛與嘴角都因不開心而低垂著。

霧灰色的髮絲同樣失去了色彩。

「為什麼？」

「我唱歌的時候，會影響到身體，加上我的身體很虛弱，只要太過投入、太過激動，我的心臟就會有問題。」

「……」

心臟？

心律不整？

印象中，也有個歌手是這樣。

那個歌手後來淡出好多年，直到最近才試著復出。我讀過關於他的報導，據說他曾經在舞臺上被心臟去顫器電過兩次。

用生命在唱歌。對他而言，還真不是誇大。

我放下筷子，略顯擔憂地問：「是類似心律不整那樣嗎？只要現場表演的時候太過激動，心臟就有可能出問題？」

「差不多。」余生別開頭，輕聲承認。

比我想像中好上不少。

我默默點頭。

「那意思是，休養一陣子過後，在錄音室裡唱歌還是可以的啊。」

「我覺得可以。」

「等妳休息完了，我們再看看。」

這樣一想，當初在墾丁萬人現場能撐過去……余生真的是不僅老天賞飯吃，更是有天之嬌女般的運氣。

萬人現場，光是呼喊她的名字都猶如雷聲，聲浪無時無刻在轟炸著我們。

而余生，是所有情感的來源。

我後知後覺地拍了一下棉被。

「等等！余生，妳在我們去墾丁的第一天就說了，如果妳上臺會撐不住，問我是不是會攔住妳……」

6

「……」

「所以在我們上臺以前，妳就已經知道自己可能撐不住了吧？」

「是啊。但你想，我可能放棄嗎？」

余生無比颯爽地說。

她抬起頭，深邃得能融入整片夜空的雙瞳，再一次深深吸引了我。

這就是余生。

我熟悉的余生。

我忍不住在心裡微笑。

起碼，這都不是會對余生生命造成威脅的病，只要余生不要登上太多人的舞臺，在生活中多多注意，大概都會沒事的。

手機亮了。

我看了一下，是前輩的訊息。

『我到了。』

我喝了口咖啡，一邊望著吃完飯的余生。

「走吧，我們去庭院裡走走？」

「不是很想。」

## 6

「妳需要運動，不要當床上的馬鈴薯好嗎？」

「……好啦好啦。」

余生推開棉被，站了起來。

夏末秋初，她穿著棉白色的居家休閒服與長褲。現在畢竟晚上了，外頭有點冷，我還拿一件毛毯讓她披著。

我們一路走到庭院。

余生不需要我攙扶，她自己也可以走得很穩。

頭髮更長的她，從背後看去，霧灰色秀髮幾乎到了腰部。月光映照在她的手上，一時間甚至分辨不出來哪邊才是月光白。

只是，從背影來看，她也比以前更消瘦。

我們一路走到庭院。

那裡在醫院後方，離醫院有一小段距離。

樹木與植被眾多，打造得像日式庭院，有股寧靜安逸的氣質。

有些身體比較健康的病人會在這裡走走，但也不多，多數都是醫院附近的居民過來散步與閒聊。

我們走到涼亭附近。

前輩早就在那裡了。

前輩帶了兩個小鼓，放在涼亭旁邊，他自己則坐在石椅上。他手拿著鼓棒，等待著團員就位。

她蠕動著嘴，想說些什麼，但衝擊過大，令她無法開口。

原先看著遠方的余生，視野拉近後，愣在原地。

「……」

我牽起余生柔軟的手，走向前輩。

月光灑在庭院之中。

這裡是否有人曾聽過、曾看過往日餘生？這可是曾經在時代音樂祭，以《昨日之歌》徹底爆紅的獨立樂團啊。

一定留在了很多人心裡。

是吧？我從涼亭拿出吉他，也站到前輩身前。

我們一起注視著余生。

——我追尋夢想的時限馬上就到了。要是往日餘生就此暫停，我也就失去最後的機會了。

那又怎樣？我們已經成功了，我一點也不後悔！

# 6

——從頭到尾，我就只是為了妳而彈。不管妳能不能唱，我都不在意。

我們的吶喊傳進余生耳中。

余生那看似脆弱、在風中搖擺的身影，開始微微地顫抖著。

無助，激起人的保護欲。

沒有人可以像余生一樣，承受這麼多。

她遠比我們，更在意音樂、更在意歌唱，但她卻再也不能高歌了。

她才是最可憐的那個人。

余生壓抑的情緒，終於爆發。

她的眼眶瞬間就紅了，淚水滿溢。

她伸手試著擦掉淚水，但淚水早已奪眶而出。

余生說不出一個字，但她的眼瞳說出了太多故事。

她奔向我們，難以控制地大哭了起來。

這是我第一次看到余生真情流露，像個小孩一樣哭著，飛撲進我的懷抱。

她卸去了所有心防與故作堅強。

眼睛一酸、心裡一緊，抱著她的我也跟著哭了起來。

致我們的青春。
致我們的昨日。
跟著余生與前輩的這趟旅程，不管結果怎麼樣，我一點都不後悔。
那天，在醫院的庭院裡，余生再次唱起了歌。
小小聲地，留下了紀念。
那也是往日餘生，最後一次表演了。

♪

余生常說，她最喜歡的是今日。
喜歡今天度過的每一分每一秒，當下、現在，就是最美好的時光。
往日餘生短暫而燦爛的幾個月。
那些觸動內心的事物。
那些珍貴的回憶。
對她來說，是不是能永遠留在心裡，成為長大以後，再次回首，依然能心裡一甜的過去？

6

於我而言，肯定是一生難忘的一段時光。

時值夜晚，冷風吹拂，最近天氣更冷了。

在醫院附近的庭院，與余生、前輩最後演奏一次後，又過了一週，我再次來到醫院探望余生。

沒有什麼事又想余生的時候，我就會來醫院一趟。

余生的生活，很孤單。

雖然她從來不說，但這樣，反而讓我更想走近她。

在熟悉的大廳搭乘電梯往上，踏進最近很常走的走廊。天色已晚，醫院裡沒有太多人，最後我來到了余生的病房前。

「……」

今天似乎格外安靜、冷清。

我微微一歪頭，沒有多想，推開了大門。

裡面一片灰暗，聽不見任何聲音。

咦？

余生在睡覺嗎？

窗戶微微敞開，從窗外吹進的微風帶動著窗簾搖擺。我仔細看了一眼病床，床上只有折好的棉被。

我又看了一眼櫃子，余生的私人物品也不在了。

「……」

我張大了眼睛，不敢置信。

余生走了？余生出院了？什麼時候的事？為什麼沒跟我說？

一連串的問號與震驚在心裡迸出。

我微微閉起眼睛，思考最近有沒有發生過什麼。從最後一次往日餘生的演奏，余生徹底淚崩以後，我們的互動都很正常。

為什麼？

我走近病房的桌子，發現上面有一封信。

信上以充滿個性的草書寫著：余生。

這是余生留給我的信啊。

「……」

我默默地吸了一口氣。

不好的預感漸漸加大，但什麼也做不了的我，只能站在這裡，接受這一切。

我打開了信。

Dear 林天青

謝謝你，林天青。

我沒有想過，我們一起組成的樂團會這麼順利。稍微想想，如果這趟旅程中沒有你的話，我恐怕連鼓手都找不到。

是因為你的存在，唱片行的老闆、夏橙才一直幫我們。

像我這樣習慣了一個人的人，若沒有你的幫助，一定難以成功。

昨日之歌的歌詞也是你寫的。

在我住院以後，最常來看我的人也是你。

怕我吃得不好，還常常幫我點外送。

這一切，真的很謝謝你。

你也知道我爸媽的狀況。

我從來沒有想過，會有一個跟我沒有關係的人，幾乎耗費了所有時間跟精神，就只是為了幫我實現夢想，而且最後我們還成功了。

我真的欠你太多了。

但我也不要你等我。

這對你來說，可能是很符合我個性的要求吧。

林天青，我要去英國待幾年，在那裡治療我的心臟。我聽人介紹他們有個獨特的技術，我也會在那裡讀書，繼續寫歌。

我喜歡你，我也知道你喜歡我。

這幾年中，你不用等我。

不要等我。

就像前面說的，我欠你太多了。

等過了幾年，我回來了以後，我會用餘生償還你，如果你還願意。

真的謝謝你，林天青。

——余生，餘生再見

# *chapter* 7（青雨）

In the Rain

## 7（青雨）

高中三年的時光，一晃而過，比我想像的快上許多。

前輩也早已進入風投公司工作了。

如今的他，雖然還有在碰鼓，但投入的時間越來越少了。

沒有人可以兼顧現實與夢想，何況是很容易吃不起飯的夢想。

這太難了。

回首高一時，我們一起組成的往日餘生樂團，也是兩年前了。時至今日，還是偶爾可以看見往日餘生的影片與音樂。

余生的形象亮眼、我們的特色鮮明，傳唱度也高。

翻唱昨日之歌的很多。

前幾年，好多人在問余生去哪裡了。

我們的粉絲專頁與ＩＧ，都被好多提問塞爆了。那麼多商演邀約、合作邀請，最後也是以一封封郵件婉拒了。

往日餘生樂團在爆紅後馬上消失，這樣的例子太少了。

我們無法解釋。

只能保持沉默。

事關余生的隱私，我們也不可能往外透露什麼。

大學要開學了。在大學開學的前一天，我從抽屜裡拿出那封塵封已久的信。

那是很久以前，我像往常一樣去了醫院後，在空無一人的病房裡，收到的信。

余生留給我的信。

我早已讀過無數次，但還是可以再讀無數次。

回想起第一次看見那封信時，我的心裡就像被掏空一般難受。

想哭都哭不出來，幾乎是會呼吸的痛。

那種痛苦，最為難受。

那段時間，我究竟是怎麼走過來的呢？

我很清楚余生在我生命中的意義，沒有人可以取代。

每每看完那封信，我的心裡都更顯空虛。

我好希望，她就在這裡。

但我也可以理解，她想去英國完成治療，重新踏上舞臺高歌。

那是唯一機會。

這就是青春獨有的，成長必經的傷痛。

這幾年余生是不會回來了。

她需要治療，不論是身體還是精神。就像拋下過去的一切，放下所有到手的燦爛，隻身一人前往了遠方。

確實，要是她留在臺灣，她就會繼續看到無數關於往日餘生的話題，不斷被追問為什麼不再演唱了。

明明紅了。

明明那麼多人期待著。

明明已經在時代音樂祭的墾丁場爆紅了。

想想就覺得難過。

我想，暫別過去——也是她想去英國讀書、治療的理由。

「出門吧。」

心煩意亂的時候，我總是喜歡出門一趟。

去附近的咖啡館坐坐，或是去獨立唱片行逛逛，聽聽新發售的歌。雖然在家裡也可以聽，但到了那裡，氣氛就不一樣了。

於是，我出了趟門。

下雨了。

只是細雨，我便在雨中漫步，感受著雨水滴落在身上、從皮膚上滑落的感覺。

反正也無所事事，回去再換個衣服就好了。我已經混吃等死很久了。

吉他也放下了，甚至，我都想不起來放在哪裡了。

「……」這樣好嗎？

我也不知道。

這場雨來得突然，讓本就空曠的街道更加清靜了。

行人稀少。

氛圍寧靜。

閒閒沒事的我，一路悠哉散步，最後到獨立唱片行附近。

在經過某一條陸橋時，隱約雷鳴。

「……」

仔細一聽，雷鳴之後，隱藏了某道歌聲。

好乾淨的聲音。

就像是降落在青青草原之上的細雨，沖刷一切灰塵的同時，也治癒了整片大地。

純淨無暇。

通透無比的聲音輕易穿透了雨幕，傳到我耳裡。

這道聲音與我最喜歡的余生的聲音，幾乎是兩個極端的對比。

一個深邃得彷彿能沉入一整道銀河，複雜、難以捉摸、無法掌握的神祕。

一個則是清澈無比、能直接看見河底的溪流，毫無心防，天真而單純。

同樣吸引人。

「……」

而且，好聽到幾乎能演唱的水準了。

我頓感好奇。

無意間，我的腳步已然邁開，尋找著歌聲的來源。

穿過陸橋，到了某處街道的轉角，細雨漸漸加大，我離歌聲也越來越近——我轉頭一看，看到了遠方的那道身影。

我看見了她。

暖茶色流蘇短髮的她，幾縷刻意不整理的碎髮半遮住左邊的眉毛。因為沾上雨水，有一部分貼在臉蛋上。

與我年紀相仿。

看上去，似乎比我還稚嫩、青澀。

她撐著一把小雨傘，很有夏日風格的短T袖、牛仔短褲也濕了一大半。看上去很狼狽，但她一點也不生氣，開心地唱著歌。

就像是認真玩耍的孩童，天真而投入。

只有真正喜歡音樂的人，才會這樣。

她的眼角餘光似乎也看見了我，只見她微微轉身，口中繼續唱著歌。

雨聲漸漸變大了，夏雨滂沱。

但她的歌聲，彷彿能穿過整片大雨。

我走近了她，離得更近，只為了能更聽清楚她所唱的歌。

仔細一聽。

那是一首講述昨日的歌。

是我、余生、前輩曾經爆紅的歌，往日餘生樂團的成名曲。

哈囉，好久沒看到妳

這陣子妳去了哪裡

生活這麼煩人，我只想喝著那提拿鐵

跟妳一起坐在咖啡廳裡

秋天是我最喜歡的季節

那天正好在下雨

## 7（青雨）

妳穿著一身黑，在我耳邊低語
妳說好想淋著雨滴唱著歌
秋天的細雨裡響起熟悉的弦律
我知道，那是最美好的聲音，遇見妳是我最好的際遇

那首歌，是我們最愛的那首
我們跟著時間走啊走

親耳聽到別人唱往日餘生的歌，原來是這樣的感覺啊。
我愣在原地，久久無法自己。
未來有一天，往日餘生還能再高歌嗎？
我還能再為余生伴奏嗎？
「我們跟著時間，走啊走……」
眼眶泛淚。
又或許是雨水。
說不出話的我，就站在那裡聽著、聽著。

——昨日之歌 is End

# chapter 後記

## In the Rain

大家安安，好久不見了。

有好多話想說，就在後記聊聊吧。

首先真的很謝謝一路支持混吃的大家，沒有大家的關注、喜歡，混吃肯定早就沒有繼續寫故事了。

很謝謝三日月出版，一路包容，真的很感謝。

從往日餘生開始，到了昨日之歌，都是沒有想到真的能出版的作品，但也因此，讓我當初規劃的三部曲框架完成了。

隨著歲月的流逝，我想做的東西，也遠比以前多。但我能做的東西，卻遠比以前少。

寫一本書，至少需要八十到一百個小時。

可以全破「巫師三」兩次。

可以玩接下來的薩爾達王國之淚。

可以去日本玩好幾天。

可以去拉斯維加斯玩好幾天。

可以好好玩玩買了兩年，一直沒有玩完的電馭叛客二〇七七。

可以好好追一下擱置已久的電視劇，像是風起長林，又或者Netflix那些女友一直想看，卻從來沒有時間追完的劇。

可以看我放在書架裡的好多本小說。

可以赴推掉的好幾十個約。

如果是你，你會選擇寫完一本書，

還是享受那一百個小時？

在我的日常裡，我最常說的一句話是，我沒有時間。

我身處的行業是Web3.0，行業一天人間十年。資訊迭代的速度、需要吸收的新知與學習，和創作相去甚遠，承受的壓力也是。

但就在這樣的前提下，我居然還是寫完了往日餘生，再加上昨日之歌。

我時常在想，到底是為什麼？

如果不是現在的責編，讓我任性地寫了余生微放光彩的往日餘生，再加上三部曲原本就設定好了，從青雨之絆、往日餘生，再到昨日之歌。

明日。

昨日。

今日。

三部曲構建而成的時光主題。

那我很可能早就不寫了。但這就是因為，責任編輯從頭到尾對我真的很包容，所以才寫得完這三部曲吧。

算下來，混吃也經歷過好幾個編輯了。

最早的編輯，也就是過我的稿的編輯。對混吃而言，更像是一位嚴師，她改動的劇情段落，針對不同人物做每一件事的合理性，都確確實實能幫混吃調整到最好。

迷途之羊的成功，她肯定占了一大部分。

而隨著時光滾動，混吃的編輯也出現了比我年紀還小的情況。這也代表著，二十九歲的作者已不再年輕。寫完《昨日之歌》以後，混吃對如何評價編輯好壞，又有了新的想法。

能讓作者寫下去的，才是好的編輯。

能讓一個在徘徊停筆、躊躇放下的作者，又寫了好幾本。那這個編輯應該還是挺厲害的啊。

還有一句話，就是所有遇到的編輯，都會把那提改成拿鐵。慧根不夠。

每寫完一本書，混吃的情緒都在變化。

或許還有下一本。

或是還會繼續寫下去。

但究竟為什麼會一直寫下去呢？

我也不知道呢。

也或許，很多作者時候到了，都會這麼煩惱吧。驀然回首，當初混吃身邊出過書的作者朋友起碼十幾位。而到了如今，大多數的人早就沒有繼續創作了。

歲月磨平了稜角與熱情。

最後，再次感謝三日月出版所有為這本書付出的工作人員，很謝謝責任編輯給予的空間與信任。謝謝所有跟混吃一起踏上旅途，從遙遠的點偵系列、迷途之羊、妖怪料亭，一直到昨日之歌。

願這趟旅途能帶給你我一點東西。

於我而言，已然足夠。

下次再見ㄌ

FB & Instagram & YouTube都能找到野生的微混吃等死。

求Carry。

微混吃等死　春分

高寶書版集團
gobooks.com.tw

**輕世代 FW399**

**青雨之絆前傳：昨日之歌**

作　　者　微混吃等死
繪　　者　手刀葉
編　　輯　陳凱筠
封面設計　林檎
內頁排版　彭立瑋
企　　劃　黃子晏

發 行 人　朱凱蕾
出　　版　三日月書版股份有限公司
　　　　　Printed in Taiwan
地　　址　臺北市內湖區洲子街88號3樓
網　　址　www.gobooks.com.tw
電　　話　(02) 27992788
電　　郵　readers@gobooks.com.tw（讀者服務部）
傳　　真　出版部　(02) 27990909　行銷部 (02) 27993088
郵政劃撥　50404557
戶　　名　英屬維京群島商高寶國際有限公司台灣分公司
發　　行　英屬維京群島商高寶國際有限公司台灣分公司
　　　　　Global Group Holdings, Ltd.
初版日期　2023年8月

國家圖書館出版品預行編目(CIP)資料

青雨之絆前傳：昨日之歌/微混吃等死著.-- 初版. -- 臺北市：三日月書版股份有限公司出版：英屬維京群島高寶國際有限公司臺灣分公司發行, 2023.08-
面；　公分. --

ISBN 978-626-7152-89-8(平裝). --
ISBN 978-626-7152-90-4(平裝特裝版)

863.59　　112008922